文豪ストレイドッグス
太宰を拾った日

「千回札をめくって、
千回予想通りだったとしても、
千一回目が予想通りである保証は
どこにもない」と私は云った。
「ああ。今回私も思い知ったよ」と
太宰は云った。

「私？」
「変かい？」
太宰は微笑んだ。

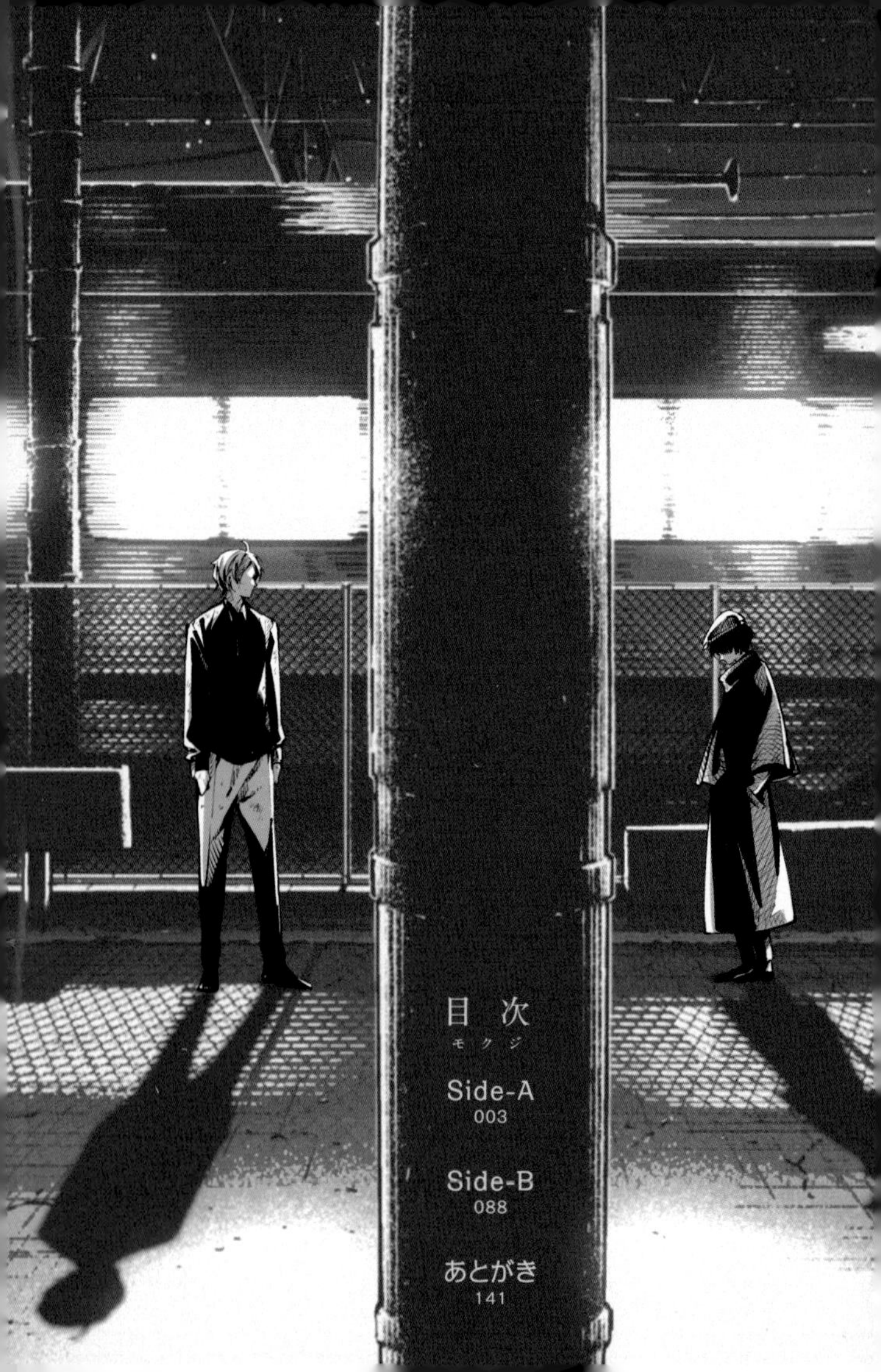

目次
モクジ

文豪ストレイドッグス

太宰を拾った日

朝霧カフカ

23976

角川ビーンズ文庫

本文・口絵イラスト／春河35

Side-A

玄関《げんかん》ポーチに、血まみれの青年の死体が転がっていた。

私はその死体を見下ろして、それから家の前を見た。

静かな朝だ。向かいのアパートメントが、目の前の舗装路《ほそう》に黒く長い影《かげ》を落としていた。生垣《いけがき》に植えられたノウゼンカズラが、風に吹《ふ》かれてさわさわと、人間には読み解けない囁《ささや》きを交《か》わしていた。どこか遠くで、長距離《ちょうきょり》トラックが路面をこする音が聞こえた。

そして眼前の階段の下に、死体がひとつ。

死体。

それはどのような場合であっても、存在が奇妙《きみょう》に誇張《こちょう》されて見えるものだ。だが今回は違《ちが》った。その死体は風景に溶《と》け込み、朝の穏《おだ》やかな日常と一体になっていた。

少しあって、私はその理由に気がついた。死体の胸が、かすかに上下していた。

死体ではない。生きている。

私は青年を観察した。青年は黒ずくめだった。ぼさぼさの黒い蓬髪《ほうはつ》に、襟《えり》の高い黒外套《がいとう》、黒い三つ揃い《スリーピース》の背広、黒い襟締め《ネクタイ》。黒ではないのはボタンダウンのシャツと、顔に巻かれた包帯。こちらは白と赤のまだら色だった。その色模様は、不吉《ふきつ》な中国の予言文字を私に連想させた。彼が倒《たお》れているのは、玄関ポーチへとつながる階段の下段だった。ひび割れたコンクリの階段には、這《は》いずったような血の跡《あと》が下へと続いている。

問題。眼下にあるこのほぼ死体を、私はどうするべきか答えよ。

簡単だ。私が彼に足先で触《ふ》れ、そのまま体重をかければ、彼はそのまま階段を転げて下の地面へと到達《とうたつ》する。そうすれば彼が所属するのは私の家ではなく公道となる。国の領地だ。国の領地にて窮《きゅう》するもの、皆《みな》すべからく国の慈悲《じひ》にして救済されるべし。私のような平凡《へいぼん》な郵便配達員は、家へと帰りて朝食を食すべし。

私が冷たく無慈悲な人間だからそうするのではない。生存上の必要があっての事だ。青年の傷は、明らかに銃創《じゅうそう》だ。全身を何箇所《なんかしょ》も撃《う》たれている。おそらくここから見える以上に、彼の躰《からだ》は穴だらけだろう。そして最後のとどめに、彼の左手には、新札の束が握《にぎ》られていた。

これが何を意味するか？　何も。彼という存在が特大の厄介《やっかい》事で、関《かか》わるとまずろくでもない事が起こるという予想を除けば、何も意味しない。

つまり彼は明らかに、一般《いっぱん》市民が関わるべきではない人間だった。通常の精神を持つ人間なら、彼を見ただけで隣《となり》の市まで逃《に》げ出すべき状況《じょうきょう》だ。聖書のヨナが、嵐《あらし》の海の巨魚《きょぎょ》に二度目に出くわした時に、そうするであろうように。

私は青年を見て、路面を見て、空を見て、もう一度青年を見た。

それから行動を開始した。まず青年に近づき、両脇《りょうわき》を抱《かか》えて持ち上げた。彼の踵《かかと》を引きずるようにして家へと運び入れ、壁《かべ》のはめ込み式のベッドに横たえた。彼は見た目よりずっと軽く、一人で簡単に運ぶ事ができた。傷の様子を検分する。傷は深く多く、出血も尋常《じんじょう》な量ではなかったが、すぐに適切な治療《ちりょう》をすれば死ぬ事はないだろう。

私はクローゼットの奥から医療道具箱を取り出し、彼に簡単な応急処置を施《ほどこ》した。上半身の下にタオルを噛《か》ませた。服を鋏《はさみ》で切断して傷口を露出《ろしゅつ》させ、弾丸《だんがん》が残っていないか確かめた。血流を止めるために止血点――脇の下、肘《ひじ》の裏、踝《くるぶし》、膝《ひざ》の裏――を押さえ、清潔な布で強く縛《しば》った。それから消毒した止血帯で傷口を止血した。彼にとっては幸いな事に、私はこの手の応急処置は目を閉じていたってできた。

ひととおり処置を終えてから、私は青年を見下ろして腕《うで》を組んだ。青年の呼吸は安定している。呼吸器や骨も傷ついてはいなそうだ。だが目を覚ます様子はない。頭の中で、いいから放《ほう》り出してしまえと命じる声がした。こんな不審《ふしん》な人間を治療するなんて愚《おろ》かな事は他《ほか》にないぞ。

その声に私は従うべきなのだろう。それが賢《かしこ》い人間というものだ。

その天使の忠告に従う前に、もう一度私は青年を観察した。

青年の顔には見覚えがない。どうやら知人ではなさそうだ。どうやら、というのは、顔の半分を覆《おお》う包帯のせいで、人相がほとんど判《わか》らないからだ。とはいえ、最初に思ったよりずっと若い。少年と云《い》っても通じる年齢《ねんれい》かもしれない。

それから、彼が握っていた札束の事を思い出した。彼はまだそれを握っていた。もし見た目通りの額なら、私のような尾羽《おは》打《う》ち枯《か》らした安月給にとっては一財産だ。場合によっては命を救った礼に、私の懐《ふところ》にそっと移動させるのもいいだろう。そう思って札束を手に取り、ぱらぱらとめくった。

それでようやく、私はこの街で一番の大間抜《おおまぬ》けである事が判った。

口の中に苦い味が広がった。

それは一度も使われた事のない新札の束だった。ところどころ血がついているが、新品の証《あかし》の紙の帯封《ストラップ》がしてある。帯封《ストラップ》に銀行名の印刷はない。何の印刷もない。

そして紙幣《しへい》は、通し番号が綺麗《きれい》に昇順《しょうじゅん》に並んでいた。

みぞおちをぶん殴《なぐ》られたような気分がした。

考え得る可能性はふたつ。この札束は市中に出回る前の、造幣《ぞうへい》局付準備銀行から持ち出されたものである可能性。それは、この青年が疫病神《やくびょうがみ》である事を意味する。普通《ふつう》の人間がそんなものを手にできる可能性は皆無《かいむ》だ。造幣局で印刷された紙幣はまず財務省に送られ、そこで通し番号が走査《スキャン》されて使用可能な紙幣となる。そして現金輸送車で準備銀行の支店に送られる。そこからさらに小分けされて市中銀行に配られる。その時点で帯封《ストラップ》は市中銀行のものに取り替《か》えられる。

だが彼の帯風には印刷がない。その状態で札束をひとつ手づかみで運び出すには、準備銀行から盗《ぬす》み出すしかない。最も考えられるのは、現金輸送車の襲撃《しゅうげき》だ。彼は現金輸送車の襲撃帰りなのだろうか?

だが、もしそうなら私は、ほっと安心して胸をなで下ろし、キッチンで珈琲《コーヒー》を淹《い》れに戻《もど》っていた事だろう。輸送車強盗《ごうとう》は暴力的な連中だが、ただ暴力的なだけだ。暴力だけで嵐は起こせない。

もうひとつの可能性。

それは、これが偽札《にせさつ》であるという可能性だ。

私は部屋の奥から拡大鏡を持ってきて、手元の札束を子細に観察した。指先がぴりぴりするほど冷え切っていた。自分の財布にあった紙幣と並べて較《くら》べてみた。全く違いが見分けられない。

完全偽札《スーパーノート》。

目眩《めまい》がした。

こうなると、私が握っているのは小型核弾頭《かくだんとう》と同じくらい危険な代物《しろもの》に変わる。

偽札は、弓矢と同じくらい古くから使われてきた戦争の道具だ。敵国によくできた偽の通貨を流通させると、市中に出回る通貨量が増加する事で通貨の価値が下落し、物価上昇《インフレ》が起こる。国というのは、ある意味で通貨の事だ。巧《たく》みに通貨の不信を煽《あお》れば、経済を破綻《はたん》させ、国家をひとつ滅《ほろ》ぼす事だってできる。

だからこそ、国家の安全保障機構は偽札に常に目を光らせている。

この精度の偽札が出回ったとなれば、出てくるのは市警ではない。もっと上だ。国の安全保障機関、あるいは軍。

私は札束を放り出すように机に置いた。これ以上札束に指紋《しもん》をつけたくない。そして電話機へと向かった。すぐに通報すれば、当局に対して情状酌量《しやくりよう》の余地をいくばくか主張できるかもしれない。こうなっては一刻の猶予《ゆうよ》もない。

受話器を持ち上げた時、受話口ではないほうから、かすれた声が聞こえた。

「受話器を置け」

私は声のほうを振《ふ》り向いた。いつの間にか青年が目を開き、こちらを目だけで見ている。

私は受話器と青年を順繰《じゅんぐ》りに見た。そして云った。「置かなかったらどうなる？」

「殺す」

それは惣菜《そうざい》屋に並んだ売れ残りのパックのように凡庸《ぼんよう》な言葉だった。少なくとも、その青年にとっては。目を見ればそれが判った。彼が殺すという単語を発する時、それは日常的で平凡な単語にすぎない。爪《つめ》を切るとか、煙草《たばこ》を買い足すとかいったような。

「どうやって？」私は受話器を耳から離《はな》したが、電話機に戻しはしなかった。それから云った。「お前は全身どこも穴だらけで、全身どこも動かせず、全身どこも死にかけている。それに銃も持っていない。その状態から俺を殺すには、お前が二百人は要《い》る」

「そんなに必要ない」青年はひやりとする声で云った。「僕はポートマフィアだ」

その言葉だけで十分だった。

「ポートマフィア」私は慎重《しんちょう》に言葉を選んで云った。「なら従うしかないな」

私はゆっくりと時間をかけて、静かに受話器を置いた。

「それでいい」青年はうっすら笑った。

もし本当に彼がポートマフィアなら、彼の前で匙《さじ》を上げ下げする動作にすら慎重にならなくてはならない。闇《やみ》と暴力の代名詞、ポートマフィアが相手では、たとえ通報しこの場は難を逃《のが》れても、後で何をされるか判らない。人間には約二百個の骨があるが、それと同程度の肉片に細切れにされても不思議ではない。

私は三秒ほど相手を見つめた。それからキッチンに向かった。扉《とびら》は開けはなしており、キッチンからでも青年の様子は見えた。

私はキッチンで珈琲の準備を始めた。薬缶《やかん》を火にかけ、ロッドを水で濡《ぬ》らした。珈琲の粉をポットに入れて、沸《わ》いた湯を注ぐ。

「警察に電話するのが禁止なら、医者には？」私は視線を湯に向けたまま云った。「私がやったのはせいぜいが緊急《きんきゅう》の処置だ。きちんとした医者に診《み》て貰《もら》わないと、そのうち死ぬぞ」

「君が気にする必要はない」青年は感情の薄《うす》く引き延ばされたような声で云った。「このくらい、どうって事ない。怪我《けが》には慣れている」

「そうか。なら従おう」私は珈琲をかきまわし、タイマーをセットした。「どちらにしろ、ポートマフィアの魔物《まもの》を相手に、俺のような一介《いっかい》の郵便配達員ごときが逆らえる筈《はず》もない」

「従順なのはいい事だね。なら次は――」

そこまで云ってから青年は咳《せ》き込み、そして血を吐《は》いた。

私は素早《すばや》く駆《か》け寄り、吐血《とけつ》で喉《のど》をつまらせないように青年の首を横に向けた。口の中を点検した。どこからの出血か、この状況では判断がつかない。口の中を切っただけかもしれないし、内臓が傷ついているのかもしれない。判らない。

「病院に行け。治療を受けろ。本当に死ぬぞ」私は云った。

「なら丁度いい」青年は囁《ささや》くように云った。「このまま死なせてくれ」

ひやりとした風が通り抜けた気がした。

私は青年を見た。青年は部屋の壁を見ていた。感情もなく、含意《がんい》もなく、ただ自分の年齢を告げただけとでもいうような平坦《へいたん》な表情をしていた。

私は自分の目が信じられなくなった。そこに人間がいるという気すらしなかった。もしこれが爽《さわ》やかな早朝でなく深夜だったら、彼を幽霊《ゆうれい》か、あるいは幻覚《げんかく》だと思っただろう。

今日はとんでもない日だ。私の人生のねじが外れかけているのかもしれない。

「いいだろう」と私は云った。「死にたいなら死ねばいい。お前の命だ、止めはしない。だがここで死なれては困る。お前がここで死ねば、その怪我を負わせたのが俺ではないと当局に証言するものがいなくなる。逮捕《たいほ》されかねない」

「逮捕されるのと、後でマフィアに殺されるのと、どちらがいい？」

私はじっと相手を観察しながら云った。「それは難問だな」

それからキッチンに戻り、珈琲の火を消した。そしてクリームの缶《かん》を取り出しながら云った。

「珈琲は飲むか？」

返事はなし。

「何故《なぜ》うちの前に倒《たお》れていた？」

これも返事なし。

「手に持っていた札束は一体何なんだ？」

やはり返事はなし。

なんだか風の妖精《ようせい》を相手に会話をしているような気がした。平穏《へいおん》な朝、不意に家に訪《おとず》れた、絵本の中の登場人物。ただし血まみれで、死にたがりの。

珈琲をふたつのカップに注ぎ、クリームを入れた。湯気を眺《なが》めながら、時間をかけてかき混ぜた。そして、そういえば隣室《りんしつ》から人の気配が消えている事に気がついた。息づかいが聞こえない。漂《ただよ》う死の気配もない。

私は珈琲を持ったまま、戸口から顔を出した。

青年は、玄関口《げんかん》へと向かって這《は》い進んでいるところだった。

脚《あし》が動けば歩いて出たのだろうが、そこまでの力は彼には戻っていないようだ。両腕《りょううで》を床《ゆか》に引っかけて、匍匐《ほふく》前進のように前へと進んでいる。古い戦争映画の、捕虜《ほりょ》の脱出《だっしゅつ》シーンのように。

私の視線に気がついた青年が、諦《あきら》めたような、それでいて嘲《あざけ》るような笑《え》みを口元に浮《う》かべた。そして云《い》った。

「この家にいる間に死なれちゃ困るんだろう？　なら、家を出れば君は無関係だ。手助けの必要はない。考え悩《なや》む必要もない。ただそこで見ていればいい」

私は珈琲を持ったまま云った。「そうまでして死にたいのか？」

「当然だよ。ポートマフィアに入っても、何もなかったんだ」青年は魂《たましい》が消える喘鳴《ぜんめい》のような声で云った。「願う事はもう、死くらいしかない」

そして前進を再開した。

私は珈琲をすすりながらそれを見た。青年の進行は遅《おそ》く、悲愴《ひそう》的だった。珈琲をもう一口飲んだ。青年は休まず進み続ける。もはや私のほうを見る気配すらない。

すべき事はひとつだった。

「止めても無駄《むだ》だよ」私が動いた気配を察したらしく、青年が前を向いたまま云った。「誰《だれ》もポートマフィアには逆らえない。そしてポートマフィアの誰も、僕には逆らえない。つまり僕には誰もうぶうおわあああっ⁉」

青年が逆さに吊《つ》り上げられた。

私はベッドの敷布《シーツ》で青年をくるみ、持ち上げた。両端《りょうはし》をねじって閉じた。キャンディの包み紙みたいに。そして逆さに吊り上げて持ち運んだ。

「痛《い》だだだい痛い痛い！　傷口が開く！　何するんだいこの唐変木《とうへんぼく》、殺されたいのか！」

「殺されたくはない。だが、お前に死なれても困る。その状態で外に出れば、お前は確実に死ぬ。元気になってから、俺の登場しない死の物語《デス・ストーリー》を作ってくれ」

青年がさらに苦情を口にしようとしたので、私は吊《つる》した敷布《シーツ》の塊《かたまり》を揺《ゆ》すった。

「あ痛だだだああ！　やめろ！　僕は痛いのは嫌《きら》いなんだ！」

「なら観念するか？」

「しない！」

対処法を考え、対処法を思いついた。――ベッドに縛《しば》り付けよう。

青年をベッドに降ろして包みを開いた。幅広《はばびろ》のタオルを持ってきて、青年の胸の前に組んだ腕に、胴体《どうたい》ごと巻きつけた。玄関の飾《かざ》り紐《ひも》を外して、両脚《りょうあし》を縛り、端《はし》をベッドの金具に結びつけた。枕《まくら》を高くし、掛布《かけぶ》団《とん》を新しいものに取り替《か》え、新鮮《しんせん》な空気が届くように採光窓を開けた。

「当面の間、傷口が塞《ふさ》がるまでは、そうしていて貰う」私は青年を見下ろして云った。「欲しいものはあるか？」

「鼻がかゆい」自由にならない両腕をもぞもぞ動かしながら、青年は恨《うら》みがましい目で私を見た。

「気の毒に」私はキッチンの珈琲《コーヒー》を飲みに戻《もど》った。

背中で青年の罵《ば》詈《り》雑《ぞう》言《ごん》が響《ひび》き渡《わた》った。だがこの近所は住宅もまばらで、近所迷惑《めいわく》になる心配もない。私は朝の珈琲を堪能《たんのう》した。

そのようにして、私と太宰《だざい》の、奇妙《きみよう》で短い共同生活が始まった。

太宰はどこまでも奇異な男だった。

彼の目は焼け死んだ黒猫《くろねこ》を思わせ、彼の体躯《たいく》は焼け死んだ黒猫を思わせ、彼の気配は焼け死んだ黒猫を思わせた。どこまでも精神の奈落《ならく》に沈《しず》んでいく声色《こわいろ》、二度と日は昇《のぼ》らないという確信を宿したかのような闇深い目。言葉は少なく、その声には初めから相互《そうご》理解を拒否《きよひ》している断絶の響きがあった。誰も彼を理解する事はできなかったし、これからも理解する者は現れない。彼は自分でその事をよく判《わか》っている。そういう声だ。

彼が死にたいのは本当の事らしかった。生存に関《かか》わるあらゆる価値基準が、彼の目には鉄の削《けず》り屑《くず》のように無価値で醜《みにく》いものに映っているようだ。その理由までは私には判らない。おそらく私が理解できる日は永遠に来るまい。彼のほうでも、それは判っているらしかった。

だから彼は外に出たがった。怪我の苦痛をさっさと切り上げて、望みの〝大いなる死《ビッグ・スリープ》〟を得るには、私の家から去るしかない。だが私が脱出を阻止《そし》するので、彼は死からすら切り離《はな》されてしまった。

そこで太宰は、私の存在にとことん文句をつける事にした。彼は実に文句が多かった。食事、睡眠《すいみん》、その他の時間の娯楽《ごらく》。彼は片端《かたはし》から私の看病態勢をあげつらい、批判し、ぼろくそにこき下ろした。彼の批判から逃《のが》れられる事象は何ひとつなかった。まさに暴虐《ぼうぎゃく》の帝王《ていおう》だ。私は、九歳の少女のようにめそめそと泣いてもおかしくなかった。

しかし実際には私は平気だった。何故か。それは太宰の批判が、彼の目的意識に基づいて発せられた演技《パフォオマンス》にすぎないと知っていたからだ。私を参らせるのが目的だ。とことん落ち込ませて、うんざりさせて、もう知った事かと彼を玄関から放《ほう》り出させる事。それが彼の勝利条件だった。だから何を云われても私は気にしなかった。実際には彼は、私の適切かつ十分な看護に舌を巻いているに違《ちが》いないのだ。

たとえばこんな具合だ。

「ねえ君！　おかゆが熱い！　こんなんじゃ食べられないよ！」

「ねえ、本当に熱い！　こっちは両腕が縛られて使えないんだよ？　いやうん、だからって、口に無理矢理……熱《あふ》ぅ！　熱《あふ》いっへ！」

「食《は》べへる、食《は》べへるから！　次のを持ってこないでよ！　ちょっ……待っ……動けな……ぎゃあ目に入ったァ！　痛《い》だ熱《あ》づ痛だァァィ！」

「ちょっと……トイレが一日二回限定はどうにかならないの……？　マフィアの囚人《しゅうじん》だって、もう少しは自由があるんだけど……」

「ねえ、退屈《たいくつ》を何とかしろとは云ったけど、本の読み聞かせって、この年齢《ねんれい》の相手にやる事かな？　しかも同じ本ばっかり！　そのうえ本の最後の数頁《ページ》がないからオチが判らない！　これは拷問《ごうもん》？　新手の拷問なんですか⁉」

迫真《はくしん》の演技《パフォマンス》だった。

私は相手にせず、淡々《たんたん》と看護をこなした。

その献身《けんしん》性の甲斐《かい》あって、何日かしてから青年はぐったりと死んだ目で、かすれ声で云った。

「駄目《だめ》だ……、話が通じない……。この人、天然だ……」

発言の意味はよく判らないが、それ以降、太宰は少しこちらの指示に従順になった。

それから太宰は方針を転換《てんかん》した。看護生活に文句をつけなくなった代わりに、食事、特に食材について具体的な要求をするようになったのだ。私に音を上げさせるのが目的なのだろうが、私は忍耐《にんたい》と一貫《いっかん》性を兼《か》ね備えた人間だ。そしてまた、脱走《だっそう》防止に両腕をぐるぐる巻きにされた人間には、それ相応の気晴らしが必要であろうと考える実際的な人間でもある。私は親切な料理人となった。

彼の最初の要求は、フグの内臓の刺身《さしみ》。珍《めずら》しい食材だ。魚市場に行って探したが、魚河岸《うおがし》の主人に「莫迦《ばか》じゃないのあんた」と云われたので諦めた。

続いてドクツルタケの素焼《すや》き。キノコの一種だ。白く美しいキノコだそうだ。こちらも山を歩いて探したが見当たらなかった。地元の人間は絶対に食べないという事なので、十分山野に残っていると思ったのだが、残念な事だ。探索《たんさく》の帰りにたまたま見つけた山菜の炒《いた》め物を出したら、太宰が恨み殺しそうな目で私を見ながら「うまい」と云っていた。

最後は馬鈴薯《ジャガイモ》の芽のサラダ。これは食材が食材だけに簡単に手に入った。だが発芽を待つだけの時間がなく、十分な量が手に入らなかったため、やむなくサラダではなくサンドイッチの具に入れて提供した。太宰は妙に喜んで食べていたが、その日の夜に盛大に嘔吐《おうと》しながら「量が足りなかった……！」と叫《さけ》びのたうち回っていた。嘔吐してでも食べたいとは、よほどの好物という事なのだろう。苦労が報《むく》われた瞬間《しゅんかん》だった。

また、別の日には、こんな苦情も受けた。

「あのさあ、君に治療《ちりょう》以外の他意がないのはいい加減判ってきたけれども」太宰はようやく自由にして貰《もら》った両腕をぱたぱたと振《ふ》りながら云《い》った。ちなみに両足はまだベッドに縛り付けてある。「あまりにも暇《ひま》すぎる！　読書も電話も禁止、映像放送も音声放送もなし、あるのはレコード数枚の音楽だけ！　もう曲覚えすぎて明日《あした》から演奏できそうだよ……何かこう、もっとないの？　真っ当な娯楽は？」

「ない」

「即答《そくとう》だと……君は普段《ふだん》この家で一体何をして生きているんだ……」太宰は怯《おび》えた顔で私を見た。

「なら遊戯《ゲーム》でもやるか？」私は部屋の椅子《いす》に腰掛《こしか》けた。「ちょうどここに、この家の前の住人が残していったトランプ札がある」

「知ってるよ、本棚《ほんだな》の上に置きっぱなしだったからね」太宰は疑わしげな目で云った。「でも十歳の子供でもあるまいし、札遊びなんかじゃ娯楽にはならないよ」

「では、何か賭《か》けるとしたらどうだ」私は箱からカードを取り出しながら云った。

太宰の目が一瞬、刃物《はもの》のように鋭《するど》く光った。「ふうん。でも君は何か賭けられるものがあるのかい？　それほど財源が豊かそうには見えないけど」

慥《たし》かに、私の財源は豊かではない。

「ならばこうしよう」私は棚からチェス盤《ばん》を取り出した。白十六個、黒十六個の駒《こま》を、互《たが》いの前に並べる。「これが互いのチップだ。これを賭け金にしてポーカーをする。ルールはテキサス・ホールデムのリング・ゲーム。スモールブラインドが駒一個、ビッグブラインドが駒二個。

ベット上限なし。もしすべての駒をお前が勝ち取れば——お前はこの家から、自由に出て行く権利を得る」

「へえ」太宰の目が細められた。「いいのかい？　大した自信だね。では君が勝ったら？　僕の隠《かく》し資産でも差し出そうか？」

「今ここにないものを賭け金にしても仕方がない。お前の資産額など、俺には確認《かくにん》のしようがないからな」

「ならこの偽札《にせさつ》——」

「それは絶対にいらん」太宰が掲《かか》げた札束を、私は手で押し返した。やはり偽札だったのか。

「そうだな。十六個の駒を失うたび、お前は自分の秘密をひとつ暴露《ばくろ》する、というのは？」

「秘密か」と云って太宰は薄《うす》く笑った。「考えたね」

それは私の打算による提案だった。

今のところの問題は、治癒《ちゆ》した太宰が解放された後、報復に戻ってくる可能性がある事だ。それを防ぐ手立てはない。ポートマフィアの報復を防げるほど高い壁《かべ》などこの世に存在しない。となると保険が必要になる。少なくとも保険のように見える何かが。

彼の正体、秘密、手の内を少しでも知れば、報復を防ぐ一助になるだろう。むろん今秘密を複数聞いても、私には裏付けの取りようがない。だから気休め程度のものだ。もし秘密を複数聞き出す事ができれば、その気休めは幾《いく》らか深まるだろう。

「はは、面白《おもしろ》い。君は幾つもの秘密を僕から毟《むし》り取ろうというのかい？」太宰は歪《ゆが》んだ笑《え》みを浮《う》かべた。「ずいぶん久しぶりだよ、僕を相手にそんなに勝ち気になれる人間は」

「やる気が出てよかった」私はカードを配りながら云った。「準備はいいか？」

「いつでもどうぞ」

ヘッズアップ。プリフロップ。私の前に二枚、太宰の前に二枚、裏向きのカードが配られた。

カードの数字を確認する前に、太宰は云った。

「君はフェアな人間のようだ。だからこちらも種明かしをしよう」

「種明かし？」

「この勝負、発案者は君だが、そうなるよう誘導《ゆうどう》したのは僕だ」太宰は深い静けさのある目で私を見た。「本棚にトランプがあるのは確認済みだったし、暇潰《ひまつぶ》しの道具は他《ほか》になさそうだった。お互い賭けられるものの少ない身だ、僕の自由を賭けようという結論にいずれ落ち着くのは見えている。違う結論になったらゴネればいい。そうして君から望みの勝負内容を引き出した」

「成程《なるほど》」私は相手の表情をじっと見た。「となると、勝つ目算もあるという訳か」

「ああ」太宰は暗闇《くらやみ》から仄《ほの》見えるような笑顔で云った。「僕はこの手の勝負で負けた事がない」

そこに強がりや諧謔《かいぎゃく》の色は微塵《みじん》もなかった。本気だ。

「そんな訳だから」太宰は初手賭金《スモールブラインド》である駒を一個前に押し出しながら云った。「君が僕の秘密を聞き出せる事は永遠にない」

三十分後。

「ポートマフィアの非常用武装保管室の暗証番号は……728028５Ｅ……」

死んだ顔の太宰が、テーブルに顔を横たえて云った。

「よくそんなに沢山《たくさん》の秘密があるな」私は感心して云った。

「あるに決まっているだろう！　僕は首領《ボス》直轄《ちょっかつ》の特別任務班の長《おさ》だぞ！」太宰が喚《わめ》いた。「うおおお、何なんだいこれは、個人情報のほとんどを暴露させられた！　屈辱《くつじょく》だ……！」

勝負は十八巡《じゅん》に及《およ》び、そのすべてで私は勝利した。住処《すみか》、部下の異能、マフィアに入った時期、手持ちの資金の総額、現在の組織内での稼業《かぎょう》、好きな食べ物、秘密金庫の場所、現在の首領《ボス》が森《もり》という名前の元闇医者である事……。

太宰の語る十八個の秘密はどれも規格外で、彼が本当にポートマフィアの重要人物であると信じるに十分だった。というより、おそらく聞きすぎた。あの横浜《よこはま》の泰山府君《たいざんふくん》・ポートマフィア首領《ボス》の経歴など、この世で知る人間は殆《ほとん》どいないだろう。それを知った後でもまだ生きている人間となると、更《さら》に。

太宰は青息吐息《あおいきといき》といった風情で、机に突《つ》っ伏《ぷ》している。本当に自信があったらしい。

「君……騙《だま》したね？」

太宰が泥《どろ》のように粘《ねば》り気のある視線で私を見た。私は首をかしげた。

「騙した？」

「途中《とちゅう》から気づいていたよ。異能だ。君は何かの異能で遊戯《ゲーム》の展開を先見している。僕には異能が通用しないからと思って最初は油断していた。だが、僕にではなく場に対して異能を行使したのなら、あの気持ち悪いまでの先読みにも説明がつく」

「済まない。特に隠す気はなかったんだが」私はカードをシャッフルしながら云った。

私の異能は、ごく近い未来の出来事を視界に予見する。その時間は五秒より長く、六秒より短い。そのため、次の展開、次に場に出される賭け金、次にくるカードの数字、すべて判《わか》ってしまうのだ。

ごく希《まれ》にある、金払《かねばら》いに窮《きゅう》した月などは、租界《そかい》のカジノに行ってこの能力で少しばかりの泡銭《あぶくぜに》を摑《つか》んで帰る。

「慥かにフェアではなかったな」私は素直に認めた。「お前と同じく、俺はこの手の賭け事で負けた事がない。今回の遊戯《ゲーム》は無効試合としよう。最初から、お前の暇さえ潰れればそれでよかったんだ」

「無効にはできない」太宰は抗議《こうぎ》する目で私を見た。「したくてもできない。金と違《ちが》って、情報は返却《へんきゃく》できないからね。それとも何かい？　君は見聞きした情報を、自分の意思ですっかり忘れる事でもできるのかい？」

「それしか方法がないのなら、努力しよう」

「はあ……？」太宰は疲《つか》れた顔で云った。「君の冗談《じょうだん》はいまいちだよ。何しろ君はいつも真顔だから、何となく冗談ぽく聞こえない」

私は首をかしげた。「特に冗談を云ったつもりはないが」

「はいはい」太宰はふてくされた顔で横を向いた。「ああ全く、あんなに組織の情報を漏《も》らしちゃって、後で森さんに叱《しか》られる」

私は少し考えてから訊《たず》ねた。「森さん？　とは誰《だれ》だ？」

太宰は驚愕《きょうがく》の顔をした。「本当に忘れているだと……？」


そのようにして数日が経過した。

太宰の怪我《けが》は峠《とうげ》を越《こ》え、快方へと向かいつつあった。それでも傷はまだ熱を持って痛む筈《はず》だが、太宰は妙《みょう》にへらへらしていた。理由は判らない。暴れて逃《に》げようとする意思は既《すで》にないようだった。だから脚《あし》の拘束《こうそく》も外してやった。玄関《げんかん》には鍵《かぎ》を掛《か》けたままだったが。

それは心地《ここち》よい秋の日々だった。街路の落葉はかつて樹木の高い場所にいた頃《ころ》の思い出を囁《ささや》きあっていた。金木犀《きんもくせい》の香《かお》りがどこからともなく漂《ただよ》ってきた。過去の記憶《きおく》を、曖昧《あいまい》で美しい思い出に変える香りだ。

私は窓辺で、とりとめもなく己《おのれ》の過去について考えていた。珈琲《コーヒー》の湯が沸《わ》くのを待つ間の、無目的な時間。時間の贅沢《ぜいたく》な使い方だ。

「何を考えているんだい？」

ベッドの太宰が訊ねた。

「ちょうど前の仕事を辞めた頃の事だ。あの頃も、金木犀が咲《さ》いていた」

「前の仕事って？」

私はキッチンの薬缶《やかん》をちらりと見た。湯が沸くまではまだ少し時間がかかりそうだ。その時の私は、かなりどうかしていたのだろう。湯が沸くまでの間、ほんの少し話してやってもいいと思ったのだから。

「大した仕事じゃあない」私はそう云《い》いながら、太宰のほうへと歩いた。「荒《あら》っぽい仕事だった。だが、足を洗った」

「どんな風に荒っぽかった？」

私は答えなかった。

しばらくの間、部屋に沈黙《ちんもく》が落ちた。庭のどこかでマネシツグミの親子が呼び合う声が聞こえた。

「話したくないって事かい。まあいいさ」しばらくして、太宰は諦《あきら》めたように云った。「傷が癒《い》えれば僕は去る。僕達はそれっきりの関係だ」

その言葉にも私は答えなかった。キッチンで薬缶が薄く湯気を立ち上らせていた。

「お前の云う通りだ。傷が癒えればお前は去る。そしてどこかで自分の命を好きに終わらせる。俺もひとつ推測してもいいか」

「何を？」

「お前が死にたい理由」

「え？」

慥《たし》かな口調で、私は云った。

「お前が死にたいのは、お前が愚《おろ》かだからだ」

太宰がぎょっとした目で私を見た。

部屋に沈黙が落ちた。太宰が振《ふ》り向いて体重移動したので、古い床板《ゆかいた》がかすかに軋《きし》んだ。どこか遠くで、散歩している犬が街路樹に向かって吠《ほ》えていた。

「面白いね」

やがてそう云った太宰の目は、どんな人間のものとも違っていた。どんな生物のものとも。それは傷口だった。顔にあいた一対《いっつい》の傷口から、黒い闇がのぞいている。

「一介《いっかい》の郵便配達員にしては大きい事を云うじゃあないか。もっとも、僕を愚かだと云う奴《やつ》は、これまでにも沢山いた。何故《なぜ》そんな事を云ったのか、知る事はもうできないけどね。——みんな死んだから」

　そう云う太宰の表情は、暗渠《あんきょ》の終点、もうどこにも行けない、どん詰《づ》まりの黒い壁《かべ》を思わせた。

「そうか。だが少なくとも——あの場所に一度も行かずに死ぬ人間は、愚かとしか云いようがない。それは断言できる」

「へえ。あの場所って？」

「静かな場所だ。それほど遠くにある訳でもない。入るのに特別な資格が必要な訳ではないが、誰もがその場所の真の価値を享受《きょうじゅ》できるとは限らない」

「なんだか謎《なぞ》かけみたいだね」太宰が乾《かわ》いた笑い声をあげた。「思わせぶりな秘密で気を引く作戦かい？」

「お前相手に作戦なんて持ち出しても仕方ないだろう」

「それは慥かに」太宰はそう云って顔を違うほうに向けた。「全く、君は読めない事ばかり云うね」

　太宰は顔を横に向けたまま視線だけで私を見て、それから玄関のほうを見て、小さく笑った。私にというより、今の状況《じょうきょう》に対して笑っているようだった。

　部屋の中の重力が、ほんの少し元《もと》に戻った気がした。

「いいだろう。治療《ちりょう》の礼に、ほんの少しだけ戯言《たわごと》に付き合ってあげよう。死ぬのが愚かと君は云ったね。では質問だ。死ぬのが愚かなら、何故人は必ず死ぬ？」

私は太宰を見た。

太宰は答えが紐解《ひもと》かれるのを待つ古文書のように、ただ静謐《せいひつ》にそこにいる。

「生きるという行為《こうい》の致死《ちし》率は100パーセントだ」その声には何千年を生きた仙人《せんにん》のような嗄《しわが》れた響《ひび》きがあった。「だが生物界全体を見渡《みわた》せば、死なない生物も存在する。寿命《じゅみょう》のない生物も存在する。つまり人間の死とは、生に含《ふく》まれた機能のひとつに過ぎず、人生という脚本《きゃくほん》に書き込まれたフィナーレ的お約束に過ぎない」

私はそれについて考えた。「だから命は惜《お》しむものではないと？」

「そうじゃない。もっと悪い。──死が約束された筋書きにも拘《かか》わらず、凡《すべ》ての人間は予《あらかじ》め〝死にたくない〟という願望をプリセットされて生まれてくる。これも100パーセントだ。故《ゆえ》に、その願望が達成される事は決してない」

そこには、何千回も繰《く》り返された台本を読んでいるような空虚《くうきょ》さがあった。何度も通過し、何度も呻吟《しんぎん》した、お定まりの常套句《クリシェ》。

「これは欲望という行為そのものが単なるツールであり、真実から遠い便宜《べんぎ》的仮説であり、我々は単に、先人達が生きたからお前達も生きろという仮説的テーゼを模倣《もほう》するだけの追随者《エピゴーネン》でしかない事を意味している。この暗い定理にどう反論する？」

私は太宰を見た。

反論は幾《いく》つか思いついた。そもそも願望は、達成が難しいからこそ願望なのだ、とか。だが太宰はまだ真意の一万分の一も明かしていない事が、私には直感的に判《わか》った。たとえ反論をぶつけたとしても、その反論に対する反論は既に準備されている。それもまた彼の中では語り尽《つ》くされた議論だからだ。そしてその反論の反論に対する反論も既に準備されている。冥界《めいかい》へと降りていく無限の階段のように、太宰の暗い理性には底がない。

ちらりとキッチンを見る。珈琲のための薬缶が、湯気をたてはじめていた。

「それがお前が死にたい理由か？」私はそう訊ねた。

太宰は首を振った。「違《ちが》う。こんなものは言葉遊びにすぎない。言葉で語り得ないものも存在する。語り得ない事については」

「沈黙しなくてはならない、か」私は太宰の言葉を引き継《つ》いだ。「その通りだ。お前の世界はお前にしか理解できない。だがそれでも、お前が愚かである事には変わりない。それだけは断言できる」

太宰は「はいはい」と云って大げさにため息をつき、ベッドに身を横たえた。まるで悪戯《いたずら》の尽きない児童に、愛想を尽かした教師のように。「それを訂正《ていせい》させる気もないけど。君が先刻《さっき》云ってた、〝あの場所〟って奴？」

「行けば判る」と私は云って、窓の外を見た。通りは明るく、静かだ。

「今ここで試《ため》しに説明してみたら？」

「やめておく。こういう時、いや、大抵《たいてい》の場合において、言葉は信用ならない」

「ふうん。そんな事云うんだ。小説が好きなのに？」太宰は私の書棚《しょだな》をちらりと見て云った。

「そうだ。だから困っている」と私は正直に云った。

太宰はしばらく私を見て、ふと笑った。今までより、幾分《いくぶん》か自然に。「面白《おもしろ》い」と太宰は云った。「君は謙虚《けんきょ》だね。そういうのは嫌《きら》いじゃない」

キッチンでは、珈琲《コーヒー》のための薬缶が、湯気をたてはじめていた。

「この家で過ごすのも、僕は嫌いじゃないよ。思ったよりね」


その時、玄関《げんかん》のドアが敲《たた》かれた。

私と太宰は顔を見合わせた。

ドアの向こうで、男の声が云った。

「すみません、S河署の者ですが。近隣《きんりん》で流血した男が倒《たお》れていたとの通報がありました。お話を聞かせて頂けませんでしょうか」

採光のためについた扉《とびら》の飾《かざ》り窓に、男の人影《ひとかげ》が見えた。

市警の警邏《けいら》。大いなる国家権力の体現者達。

太宰と逢《あ》ってから、私の運は下がり続け、ついには地底を貫《つらぬ》いてしまったらしい。

「すみません、警察です。ご在宅でしょうか？」

無遠慮《ぶえんりょ》な敲扉《ノック》が、玄関扉を何度も揺《ゆ》らす。鍵《かぎ》は掛《か》かっている筈《はず》だ。

どうしたものか。

太宰がこちらを見て、人差し指を唇《くちびる》に当て〝静かに〟のハンドジェスチャアをした。

居留守を使えという事か。

私はようやく回りはじめた頭で考えた。

居留守を使っても構わない。だが何故？　私を逮捕《たいほ》しにきた連中ではない。私には何の後ろ暗い事もない。

さっと考えた。たとえば、扉を開いて警官に「やあ」と云《い》ったとする。扉を半分ほどしか開かなければ、奥にいる太宰は見えないだろう。警官は、血だらけで倒れた男を見たかと訊《たず》ねる。その場合、太宰の事を素直《すなお》に話すべきか、黙《だま》っておくべきか。

もし太宰の事を黙っていた場合、警官は去る。その場はそれでいい。だがその後は？　もし太宰が何かの罪を犯していれば（まず間違《まちが》いなく犯している）、私は後に犯人蔵匿《ぞうとく》罪に問われるだろう。成り行きの次第《しだい》によっては、幇助犯《ほうじょはん》として裁かれるかもしれない。そうなれば、国家が経営する三食つきの宿で、楽しい余生を送る事になる。

では、太宰がいると警官に素直に告げた場合は？

この場合、ほぼ間違いなく太宰は連れていかれる。何しろ全身くまなく怪《あや》しい。銃創《じゅうそう》があるのに病院での治療を受けていない事も、彼等の興味を引くだろう。ひょっとしたら既《すで》に指名手配を受けているかもしれない。警官達が最初から太宰の逮捕目当てにここに来た可能性だってある。

この場合も、私が事後従犯とされる可能性は高い。私が〝犯人と知らず治療しました〟と云っても通らないだろうし、その話を当局に信じさせるには、太宰が口裏を合わせる必要がある。今この状況でそこまでの打ち合わせはできないし、また太宰の性格上、口裏合わせを諾々《だくだく》と受け入れるかは判らない。

一縷《いちる》の望みを懸《か》けて太宰を見た。太宰は悪戯《いたずら》を考えている子供が浮《う》かべる笑《え》みを、五十倍くらい暗く濃密《のうみつ》にした表情をした。駄目《だめ》そうだ。

その表情でもうひとつ厄介《やっかい》な事を思いついてしまった。太宰の事を警官に告げ、彼を売った場合、後でポートマフィアの報復を頂く可能性がある。そうなれば私は、津波《つなみ》にさらわれる砂の城のように、この家ごとかき消されてしまうだろう。

結論。

居留守しかない。

私はそっと移動し、ベッドの後ろに隠《かく》れた。太宰の隣《となり》だ。家の中には、ただ野犬の吠《ほ》え声のように無遠慮な、敲扉《ノック》の音だけが駆《か》け回っていた。

私はする事もなく、自分の呼吸の音を数えていた。十回、二十回。二十八回を数えたところで、敲扉《ノック》の音は止まった。

「留守かな？」と玄関で低い男の声がした。

「かもしれませんね」ともう一人の声がした。こちらはやや若い。

このまま黙っていれば警官は引き上げるだろう。そしてこの世には穏《おだ》やかさが再び訪《おとず》れる。

どうやらそうはならなそうだった。

太宰が私の肩《かた》を二度、素早く叩《たた》いた。その表情は硬《かた》い。そして扉とは違う方向を指さした。

私はそちらを見た。キッチンだ。そして太宰が何を云おうとしているか理解した。

薬缶《やかん》が盛んに湯気をたてている。珈琲を淹《い》れるため、先程《さきほど》火にかけたものだ。湯気の勢いは、間もなくそれが沸騰《ふっとう》の最高潮に達する事を示していた。

その何がまずいのか。私の薬缶は笛吹《ふえふ》き型で、内圧が一定以上になると注ぎ口の蓋《ふた》についた穴から、景気よく蒸気が噴《ふ》き出す。その音の大きさは管楽器奏者もかくやという程のもので、通りの向こう側にいても聞こえる。

どう取り繕《つくろ》おうと、警官には誰《だれ》かが在宅である事が判るだろう。

私は周囲を見回した。何かの役に立ちそうなものはない。ここからキッチンまでは8米《メートル》ほどある。歩いて行けば、木床《きゆか》が軋《きし》んで音が立つ。やはり警官にばれる。

再び太宰を見た。太宰はしばし逡巡《しゅんじゅん》した後、一連のジェスチャアをした。

キッチンを指さす。私を指さす。掌《てのひら》を上にして目の前にかざし、もう一方の手を、指を下にしてその上に立てる。その指を人差し指と中指だけを残して握《にぎ》り、二本の指をゆっくり前に、順番に進ませる。そして唇に人差し指をあてる。そして親指を立てて笑い、頷《うなず》く。

私も頷いた。

「どういう意味だ？」私は訊ねた。

「静かに！」太宰は小声で囁《ささや》いた。

「伝わってなかったの？「忍《しの》び足でキッチンまで行って、火を消してこい、って云ったんだよ！　僕はこんな状態でうまく歩けないし……」

「そうしよう」私は頷いた。「沸騰まで時間もない。急がねば」

「ねえ君、本当に焦《あせ》ってる？」太宰は不審《ふしん》げな顔で私を見た。「表情が全然変わらないから判らない……」

私はそっと足を踏《ふ》み出した。

飴色《あめいろ》に輝《かがや》く床板は安普請《やすぶしん》のため薄《うす》く、ほんの少しでも体重のかけかたを間違うとギシッという緊張《きんちょう》した音を出す。踏み出す足には細心の注意を払《はら》わねばならない。私の爪先《つまさき》は柔《やわ》らかく落ちる布、と考えながら、私は一歩一歩踏み出した。ここでも私の異能が役に立った。どこに爪先を落とせば床が軋まないのか、慎重《しんちょう》に検分した。

一秒が一時間にも感じられた。薬缶はまだ鳴り出してはいない。扉の向こうでは警官が、どうするか話し合っている。三十秒ほどかけて、私はキッチンへと至る道の半分あたりまで到達《とうたつ》していた。順調だ。

ところで、この世には希望的観測という言葉がある。その時の私は、辞書の〝希望的観測〟の項目《こうもく》に説明するに相応《ふさわ》しい状態だった。【希望的観測】——きぼうてき-かんそく。名詞。

つい今さっきの織田作之助《おださくのすけ》のような状態の事。

薬缶が鳴り出す未来が見えたのだ。

甲高《かんだか》く、どこか楽しげですらある音。つまり私に死刑《しけい》が宣告されるまで、あと五秒と少ししかない。心躍《おど》る状況《じようきよう》だ。

今すぐ飛び跳《は》ねて薬缶の許《もと》まで行きたかったが、ぐっとこらえた。

新たな力を私は必要としていた。慎重な野蛮《やばん》さとでも云うべき力を。

私は両手指に力を入れて床につき、手足を静かに這《は》わせて床を水平に移動しはじめた。水上を音もなく浮遊《ふゆう》する、真夏のアメンボのように。

背後で太宰が、私の動きに堪《た》えかねたようにぷっと笑った。

太宰は正しい。今の私の動作をもし誰かが撮影《さつえい》して街の広報新聞に載《の》せたら、私はその日のうちに別の街に引っ越《こ》すだろう。顔は前を睨《にら》んだまま床すれすれを浮遊し、胴体《どうたい》がそれに追随《ついずい》している。手足は独立した駆動《くどう》主体となって、床をせわしなく駆け回っている。

一秒、二秒。恥《はじ》なき行軍は、その成果を着実に見せつつあった。間もなく薬缶の許に到着《とうちやく》する。コンロのつまみを回すまでに、鶏《にわとり》の鳴き真似《まね》をするくらいの時間の余裕《よゆう》はあるだろう。

しかし私の予想はまたも裏切られた。この家に存在する異物の事を忘れていた。

むろん太宰だ。彼は私が今まで出逢《であ》ったどんな人間よりも予想がつかない。たとえるなら、二人三脚《ににんさんきやく》で共に目標へと進んでいたら、ある瞬間唐突《しゆんかんとうとつ》に太宰は逆の方向をむいて走り出す。あるいは、生存のために必死に崖《がけ》を登っていたら、いきなり崖から落下死したいと云い出す。この世の道理から遠く離《はな》れた男。我等が親愛なる引っかき回し屋《トリックスタア》。

太宰がいきなり立ち上がって云った。「今銃を片手に玄関《げんかん》を飛び出せば、びっくりした警官に射殺されるんじゃないかな？」

思わず振《ふ》り返った。私は相当間抜《まぬ》けな顔をしていた筈《はず》だ。一体今日はどれだけの事態が持ち上がれば気が済むのだろう？

「この家に銃はない」と私は云った。

「そうなの？　じゃあ包丁でいいや」

そう云って太宰は、すーっと私の横を通り抜けた。苦労して四足歩行している私の横を。

一連の愉快《ゆかい》な漫才《まんざい》を、当然の事ながら玄関の警官も聞いていた。「おい、中に誰かいるぞ」と硬い声がした。「開けなさい！」

忙《せわ》しすぎて状況についていけない。

太宰はスキップでキッチンへと向かう。彼が包丁を入手したら、状況はまるっきり逆方向に走り出すだろう。阻止《そし》せねばならない。誰かに泣きつきたかったが、私以外にそれが可能な人間はいない。

私は手足をたわませて跳ね、すぐ眼前の太宰に足払《あしばら》いをかけた。太宰はくるんと半回転して綺麗《きれい》に転んだ。目と口を真円のように大きく開いていた。私はその首を捕《つか》まえ、背後に回り、肘《ひじ》の内側で頸動脈《けいどうみゃく》を絞《し》める裸絞《チョークスリーパー》めの体勢になった。暴れる太宰の躰《からだ》を両脚《りょうあし》で挟《はさ》み込んで押さえつける。

床でばたばた格闘《かくとう》する私と太宰。

玄関で怒鳴《どな》っている警官。

頭上でついにピーッと盛大に鳴り始める薬缶。

お祭り騒《さわ》ぎである。

太宰が床の上でどこか楽しげに脚をばたつかせ、それがたまたまキッチンの流し台に綺麗に一撃《いちげき》を入れた。流し台の上のものが揺《ゆ》れた。さらに一撃。上で何かが致命的《ちめいてき》にずれた音がした。だが、床と一体化している私からは、何がずれたのか見えない。

その執拗《しつよう》な蹴《け》りがわざとだと気づいた瞬間、未来が見えた。見なければよかったと私は思った。

太宰が入手しようとしていた包丁が、振動《しんどう》に耐《た》えきれずに落下してくる未来だ。それを阻止する手段は今の私には存在しない。太宰を絞め上げる腕《うで》を放す訳にはいかないからだ。落下してくる包丁の軌道《きどう》を異能で予測して、すれすれで避《よ》けた。包丁は床板に垂直に突《つ》き刺《さ》さり、すとんと小気味よい音がした。鋭《するど》い切れ味。包丁なんか二度と研《と》ぐものか。

「暴れるな」と私は云《い》った。「暴れるんじゃあない。怖《こわ》くない。痛くもない」

自分でも何を云っているのかよく判《わか》らない。

「嘘《うそ》だ！　森さんが注射する時と同じ台詞《せりふ》だ！」

太宰がそう云って暴れた。つまり私以外にも、太宰で苦労している人間がいるという訳か。森さんとは誰だろう。

太宰がさらに流し台を蹴った。もっと厭《いや》な音がした。薬缶がずれる音だ。

流石《さすが》にそれは洒落《しゃれ》にならない。

それはこれまでの人生で私が一度も経験した事のないような状況だった。頭上に薬缶、顔の横に包丁、家のどこかに偽札《にせさつ》、玄関に警官。そして私はせっせと逢ったばかりの男の首を絞めている。薬缶が落ちれば熱湯が飛散する。その爆撃範囲《ばくげきはんい》は包丁の比ではない。熱い湯による熱傷というものは、発生した皮膚《ひふ》の場所によらず、面積が一定以上になると死の危険がある。

玄関では、警官が扉《とびら》を蹴破ろうとしていた。室内で格闘している音が聞こえたからだろう。私の腕の中で、太宰は「うふふ、あはは」と笑って気を失った。薬缶はもう次の瞬間には落ちてきそうだ。

私は床の包丁を引き抜き、投げた。

斜《なな》め上に投擲《とうてき》された包丁が、ちょうど落下してきた薬缶の持ち手に引っかかった。そのまま包丁は流し台の脚の木材に刺さり、柄《え》で薬缶を支えた。熱々の薬缶は空中に浮《う》かんだように急停止し、ぐらんぐらんと揺れた。注ぎ口からほんの少し湯がこぼれた。数滴《すうてき》が私の手の甲《こう》についた。熱かった。

警官が踏み込んできた。

私に負けず劣《おと》らず、警官もそんな状況は人生で経験したためしがなかったようだ。目を丸くしているが、無理もない。踏み込んだ家では、床《ゆか》で男が怪我《けが》人の首を絞めている。青年は気持ちよさそうに気絶している。キッチンに刺さった包丁が、まるで運んできたかのように薬缶《やかん》を捧《ささ》げ持っている。

沈黙《ちんもく》。

警官は私達を見下ろして、何を発言すればいいのか全く判らないようだった。

まさか私も、人生で初めての逮捕《たいほ》がこんな状況下で行われる事になろうとは予測していなかった。そのせいかどうか判らないが、実に愚《おろ》かしい一言が口から出た。

「靴《くつ》は脱《ぬ》いでくれ」

警官は互《たが》いに顔を見合わせた。年かさの警官と、若い警官だ。規定通りの制服を着て、規定通りの帽子《ぼうし》をかぶっている。

「ああ、うん」年かさの警官は曖昧《あいまい》に頷《うなず》いた。「今日はずいぶん変な仕事になりそうだな」

「気持ちは判る」と私は云った。

さて、今日は訳の判らない状況が次々起こったが、中でもとびきり一番奇妙《きみよう》な出来事は、まだ起こっていなかった。一番は、それから起こった事だった。

私は警官達の気持ちが判ると云った。だがそれは間違《まちが》っていた。私は判っていなかった。彼等が考える仕事についても、これから起こる事についても。

警官二人は隠《かく》していた瓦斯面《ガスマスク》を取り出し、顔に装着した。

その手から何かがこぼれ落ちた。私はそれを見た。

瓦斯手榴弾《ガスグレネード》。

そこから白色の昏睡性瓦斯《こんすいせいガス》が出はじめてようやく、私は事態を理解した。警官が騒音《そうおん》の容疑者を尋問《じんもん》するために瓦斯をばらまくなんて有り得ない。こいつらは警官ではない。

未来は見えたが、それは既《すで》に状況が手遅《ておく》れになってからだった。

私は跳ね起きた。体当たりで二人を蹴散らし、脱出《だっしゅつ》する事もできたが、私はそうはしなかった。警官が銃《じゅう》を取り出し、太宰に向けるのが見えたからだ。抵抗《ていこう》すれば撃《う》つ。瓦斯面《ガスマスク》で遮《さえぎ》られていても、彼等の殺意が見てとれた。

私は両手を挙げた。

そして薄《うす》れゆく意識の中で思った。

やはりあの朝、玄関で倒《たお》れた太宰を見つけた時、階段下まで蹴り落としておくべきだったのだ。とはいえ、後悔《こうかい》は私の人生につきものだ。今更《いまさら》後悔がひとつ増えたところで、大した痛手ではない。

私は気を失った。

意味のない映像が浮かんでは消えた。
喫茶店《きっさてん》。青い雨が、店の硝子《ガラス》につくる水滴模様。上巻と中巻しかない小説。
後悔。壁《かべ》の血模様。
――この世界に赦《ゆる》しはない。
幼い頃《ころ》の自分の声。
その通りだ。誰《だれ》も自分を赦《ゆる》さない。私も自分を赦さない。
小説の下巻。
――小説を書く事は、人間を書く事だ。
髭《ひげ》の男。その声には真実の響《ひび》きがある。あるいは私がただそう信じたいだけか。
私はその問いに答えるための、長い線路の途上《とじょう》にいる。
いつか海の見える部屋で、机に向かって……。

♠ ♥ ♦ ♣

目を覚ました時、そこがどこなのかすぐには判らなかった。
眼前にあるのは壁だ。コンクリむき出しの壁。薄暗《うすぐら》く、じめじめして、水が垂れた黒い跡《あと》が素材の色を汚《よご》している壁。他《ほか》のものは見えない。首を巡《めぐ》らせても、その壁しか見えない。躰を振り向かせる事はできない。

私は椅子《いす》に縛《しば》り付けられていた。

「始める前に、伝えておきたい事がある」背後で声がした。聞き覚えのある声だ。「私は暴力が好きではない」

私はその声の主に覚えがあった。私の家を訪《おとず》れた、年かさの警官だ。

「誰かが暴力を振《ふ》るうのも、自分が振るうのも好きではない。だからこれはあくまでビジネス行為《こうい》だと考えてくれ」

風を切る音。

その直後、強烈《きょうれつ》な痛みが私の背中をえぐり取った。皮膚が割《さ》け、骨が軋《きし》んだ。

何か硬《かた》いものが私の背中を打擲《ちょうちゃく》したのだ。警棒か、銃把《じゅうは》か、あるいは革棍棒《ブラックジャック》か。

それでも攻撃者の姿はまだ視界の外だ。ただ痛みが神経を通り、脳天を突き抜《ぬ》けただけだ。

「効いただろう」と年かさの男の声が云《い》った。柔《やわ》らかく、児童に教え含《ふく》むような響きがある声だ。「手加減した。人間がどのくらいの痛みを許容できるか、どのポイントを超《こ》えると耐《た》えられなくなるかについて、私はとてもよく知っている。何十年もこいつを振るっているからな」

「あんたが知らない事もある」と私は云った。

男の声が一秒沈黙した。それから硬い声で云った。「何だって？」

「あんたは拷問《ごうもん》のやり方を知らない」と私は云った。

「相手を痛めつけるなら、その前に質問をするものだ。答える前から痛めつけて何になる。お互い疲《つか》れるだけだ」

鼻先だけで笑うような気配があった。

それからもう一度、今度は首に近いところに打撃。閃光《せんこう》が全身を跳《は》ね回った。首筋を中心に、全身の神経を引っこ抜かれたような痛みだ。先程《さきほど》より強い。

「お説の通りだ、若いの。これは教科書通りの尋問ではない」背後の声が云った。「だが何事にも教科書通りにやるべき時があり、そうでない時がある。私はそのへんの案配はよく心得ている。今のはお前さんの唇《くちびる》の動きをなめらかにするための準備運動だよ。安心してくれ」

「それは安心した」と私は壁を見たまま云った。「なら話を本筋に戻《もど》そう。——偽札についての事なら、俺は何も知らない」

太宰の持っていた偽札。すべての元凶《げんきょう》。厄災《やくさい》の使者である太宰が持ち込んだ、特大の爆弾《ばくだん》。

あの精度の偽札なら、それを巡って他国の諜報《ちょうほう》機関が関《かか》わってきてもおかしくない。

だが、その次の男の反応は、私の予想を裏切るものだった。

「……偽札？」

その疑問符《ぎもんふ》つきの声は、ふわふわと頼《たよ》りなく浮かび、空中でほどけて消えた。

直感した。これは当惑《とうわく》の声だ。

「偽札を知らないのか？」私は訊《たず》ねた。「お前達の狙《ねら》いは、偽札と太宰では？」

「あのお友達は太宰という名前か。奴《やつ》は何者だ？」

ポートマフィア、と答えそうになって、私は言葉を喉元《のどもと》で呑《の》み込んだ。もし偽札が目的でないなら、太宰の正体について話すべきではない。

「どうやら勘違《かんちが》いしてるようだ。早々に訂正《ていせい》すべきだな。──我々の狙いはお前さんだよ」

「何？」

「〝絵〟はどこにある？」

男は硬質《こうしつ》な命令口調で訊ねた。私は静かにその意味を考えた。そして答えた。「絵って何の事だ？」

「お前さんはそれを知っている」

男の声は断定的で、厳粛《げんしゅく》だった。誰かの背中を押して崖《がけ》から突《つ》き落とす時のような声。

「お前さん達は昔、仕事で訪れた家で〝絵〟を盗《ぬす》んだだろう。我々はそれを捜《さが》している」

「一体何の話をしているのか判《わか》らない」と私は云った。「他の誰かと間違っていないか？」

云い終わらないうちに、また一撃《いちげき》が降ってきた。今度は肩《かた》。血管が切れるような感触《かんしょく》があった。首筋から指先まで、残らずびりびりと痺《しび》れた。

「間違っちゃいないよ。我々はそういうミスは犯さない」男の声は辛抱強《しんぼうづよ》く云った。自分の感情を、意志の力で抑《おさ》え込んでいる声だ。「お前さんは昔、ある組織に所属していた。金を受け取って代わりに人を殺す、血も涙《なみだ》もない組織だ。そこでお前さんがどんな役職に就いていたのかは判らん。まあ、風采《ふうさい》のあがらん郵便配達員なんぞをしている現状からして、良くて会計係か連絡役《れんらく》といったところだろう。だが組織そのものは強大だった。伝説と云ってもいい。七年前にいきなり解散して姿を消すまで、そっちの世界では恐怖《きょうふ》の代名詞として語られていた。我々は組織の事を調べ上げ、どうにかお前さんの存在だけは突き止めた。他の構成員は、みんな消えてしまっていたからね。まるで最初から存在しなかったみたいに」

私は云った。「あの組織の事については話したくない」

「話すんだよ、若いの。近く話す事になる。望むと望まざるとに関わらずな」棍棒《こんぼう》を手で弄《もてあそ》ぶ、ぽんぽんという音が背後から聞こえた。「あの絵には五億の価値がある。うまくすれば十億は稼《かせ》げる。もし必要なら、分け前をやってもいい。お前さんではどうせ、捌《さば》きれないだろうから」

「あんたは思い違《ちが》いをしている」私は静かに云った。「慥《たし》かにそういう組織の事は知っている。いっとき籍《せき》を置いていた事もある。だが、絵については知らない。何ひとつ」

「お前さんのあずかり知らぬところで、他の構成員が絵を隠《かく》した可能性は？」

「大いにある」

男はため息をついた。その後の声は、五歳は老けたようなものになった。「全く、いつもこうだ。我々は腹を空《す》かせた野良犬《のらいぬ》のように、食い物のにおいをたどって、地面に鼻をくっつけながら歩く。ようやく辿《たど》り着いたと思ったら、食い物はずっと前にトラックで別の場所に運ばれていると判る。我々はまた鼻をひくつかせて、トラックのにおいを追って荒野《こうや》を歩く。その繰《く》り返しだ」

「同情するよ」と私は云った。

実際のところ、それは半ば本当の同情だった。何しろ彼等は、たまたま私と一緒《いっしょ》にいたという理由だけで、太宰を一緒に誘拐《ゆうかい》してしまったのだから。太宰は通販《つうはん》商品のおまけのように扱《あつか》える人間ではない。全くない。彼はポートマフィア、それも想像だが、相当の重要人物だ。

彼を誘拐してしまった今となっては、何もかもが手遅《ておく》れだ。躰《からだ》を綺麗《きれい》に洗って服も繕《つくろ》い、ぴかぴかの新品に戻して平身低頭謹《つつし》んでお戻し差し上げたとしても、ポートマフィアは許さない。土下座して謝る連中の後頭部を、電気掘削《くっさく》機で平らに均《なら》してしまうだろう。

だから誘拐犯達の破滅《はめつ》は確定している。後は私と太宰の破滅が確定するかどうかだ。

ポートマフィアの事について話す訳にはいかない。それだけは駄目《だめ》だった。太宰がポートマフィアであると判れば、彼等は文字通り縮み上がるだろう。そして己《おのれ》の愚《おろ》かさを別の愚かさで塗《ぬ》り固めようとするだろう。つまり、私と太宰をコンクリの下に埋《う》めて、発見されるまでのわずかな時間で地球の反対側まで逃《に》げる。他に道はない。

だから私は、太宰に〝謎《なぞ》のお友達〟でいて貰《もら》わなくてはならなかった。

「さて、これで前提情報はすべて詳《つまび》らかにした」男は冷気を帯びた声で云った。「後はお前さんが麗《うるわ》しく囀《さえず》るだけだ。もしそこにちょっとした助けが必要なら、私としては粉骨砕身《ふんこつさいしん》の助力を惜《お》しむものではない」

男は嬉《うれ》しそうに云った。棍棒を自分の手に叩《たた》きつける音が聞こえた。この流れでは、粉骨砕身するのは私のほうだろう。

「もし話さなかったら？」と私は訊ねた。

「後悔《こうかい》する事になる。令状を取られた犯罪者が、任同のうちにうたえばよかったと後悔するみたいにな」

私は返事をしようとしたが、それより前に無線機が鳴った。

「何だ」男が無線機を取った。相手の話す内容までは聞こえなかったが、その声色《こわいろ》にはどこか切迫《せっぱく》した気配が感じられた。「判った。すぐ行く。そいつらに手錠《てじょう》をかけておけ」

無線機を切って、遠ざかる跫音《あしおと》がした。数歩歩くだけの間をあけてから、男が遠くから云った。

「しばらく考える時間を与《あた》えよう」とその声は云った。「助けを期待するなよ。ここは旧大戦時に造られた避難《ひなん》用掩蔽壕《バンカー》だからな。ほとんど知られていない。選択《せんたく》の時だよ。大金持ちになるか、死体になって鼠《ねずみ》に齧《かじ》られるか。さて、皆《みな》が倖《しあわ》せになるために、お前さんが正しい判断をする事を願っている」

♠ ♥ ♦ ♣

独房《どくぼう》で手錠をつけられ、私が両手の爪《つめ》の形を点検する作業を五十回ほどこなした頃《ころ》、太宰が戻ってきた。

「やァ、ご無沙汰《ぶさた》」太宰は誘拐される前と、少しも変わらない不明瞭《ふめいりょう》な笑顔《えがお》でそう云った。

私は太宰の姿を観察して云った。「お前は拷問されなかったのか？」

「拷問？　ああ何だ、あれ拷問だったのか」太宰の顔は、心なしか晴れ晴れしているようだった。「拘束《こうそく》されて二人組に囲まれたけど、拷問するより前に二人とも帰ったよ。仲間に引きずられながらね。僕が幾《いく》らかためになる話をしたら、連中泣きながら互《たが》いを殴《なぐ》り始めたんだ。死にたくないとか云いながら」

「そうなのか。何を話した？」

「云ってもいいけど……本当に知りたい？」太宰は冥界《めいかい》の海の怪物《かいぶつ》のような笑みを浮《う》かべた。

私は考えて云った。「やめておく」

そこは、捕虜《ほりょ》を監禁《かんきん》するための仮獄舎《ごくしや》だった。

元は空爆《くうばく》などから身を守るための掩蔽壕《バンカー》施設《しせつ》にある、簡単な仮眠《かみん》室のような部屋だったのだろう。宿泊亭《ホテル》の一室程度の広さの部屋で、端《はし》には錆《さ》びたベッドの骨組みだけが固定されている。

入口の扉《とびら》は溶接跡《ようせつあと》の生々しい鉄扉《てつび》に付け替《か》えられ、ドアノブにはボート係留用の太い鎖《くさり》と、巨《きょ》大《だい》な錠前《じょうまえ》が吊《つ》り下げられている。

壁《かべ》に並んだフックに黒い配電線が幾つも巡《めぐ》らされ、奥の濁《にご》った檻《おり》電灯へと続いている。光源はそれだけだ。空調設備がないため、部屋の空気は濁っている。

「連中は何だと思う？」と私は訊ねた。

「犯罪組織だよ」太宰は自分の手錠をちゃらちゃら鳴らしながら、平然と答えた。「ただし、ポートマフィアみたいな大企業《だいきぎょう》とは違う、吹《ふ》けば飛びそうな零細《れいさい》業者さ。もっとも、その素性《すじょう》は少しばかり興味深い。《48》っていう名前に聞き覚えは？」

少し考えてから、私は首を振《ふ》った。「いいや」

「僕も実際に逢《あ》ったのは初めてだけどね。連中はどんな犯罪組織よりも摘発《てきはつ》が難しい。というか、ほぼ不可能だろう。大粛清《だいしゅくせい》が起きて、この横浜が清浄《せいじょう》な天国になったとしても、彼等《48》は生き残って犯罪を続ける筈《はず》だ。何故《なぜ》なら彼等は――元警察関係者のみで構成された組織だからね」

私は目を細めた。

「地方署の巡査《じゅんさ》。不名誉《ふめいよ》除隊になった特殊《とくしゅ》部隊員。逮捕《たいほ》後出所した汚職《おしょく》警官。不信諜報員名簿《バーン・ノーティス》に載《の》ってしまった公安外事刑事《けいじ》。さまざまな理由で公僕の塔《とう》からあふれ落ちた警察関係者が、元職の技術と人脈、知識を活《い》かして築き上げた、小さくとも堅牢《けんろう》な迷宮組織。《48》っていう名前の由来は諸説あるが、最も有力なのは、警官による逮捕後の送検判断が48時間以内だから、って話だよ」

「つまり俺達の家を訪《おとず》れたのは偽《にせ》の警官だが、元は本物の警官でもあった、という訳か」私は思い出しながら云《い》った。「だが、何故判《わか》った？」

「判らなかった？　彼等の仕草はどことなく過去の経歴がにじみ出ていた。それに、言葉の端々《はしばし》に、かつて警官だった頃の用語が交じっていたよ」

私は記憶《きおく》をたどった。

そう云われてみれば、私を拷問した男は立ち去り際に、〝令状を取られた犯罪者が、任同のうちにうたえばよかったと後悔するみたいにな〟と云った。任同とは〝任意同行〟の略語だし、〝うたう〟は〝自白する〟という警察系の隠語《いんご》だ。使い慣れた言葉はなかなか洗い落とせない。

「連中が得意なのは、前職の人脈を活かした脅迫《きょうはく》や、押収品の横流し、警察内部情報の漏洩《リーク》なんかだね。堕落《だらく》した元ヒーローって訳だよ。活動規模こそ小さいが、本物の執行《しっこう》力訓練を受けた連中も多くて侮《あなど》れない。横浜の街に犯罪組織は数あれど、警察組織からも犯罪組織からも嫌《きら》われているのはこの《48》くらいだ」

「詳《くわ》しいな」

「そうでもない。連中の目的は残念ながら判らないから」太宰は壁に背をつけ座り込みながら云った。「絵を捜《さが》していると彼等は云った。何か心当たりはあるかい?」

私は太宰を見た。そして云った。

「ない」

太宰は私を見た。その目は、底なしの夜の海に似ていた。暗く、静かで、残酷《ざんこく》で、どこまでも人を吸い込んで放さない。

その目が、私の表情を隅々《すみずみ》まで見た。自分の細胞《さいぼう》のひとつひとつまで観察されているような気がした。

どれくらい黙《だま》ってそうしていただろうか。不意に太宰は口を開き、真剣《しんけん》な口調で云った。

「心当たりが、あるんだね?」

私は空中に視線を彷徨《さまよ》わせた。そしてここにはない、過去の風景を眺《なが》めた。無性に煙草《たばこ》が吸いたかった。「ああ」

「何故黙っていた?」

「関係ないからだ」と私は云って、太宰の隣《となり》に腰掛《こしか》けた。「連中がどう云おうが、あの絵はもう誰の手にも入らない。決して動かしようがない場所にある。その絵がそれ以上どこかに移動する事は、少なくとも俺の生きている間はない」

「何故?」

「俺がそう決めたからだ」

太宰が何か返事をしようとして、黙った。それから視線を別の場所に迷わせた。どこかにある答えを探すように。

「判った」太宰は前を向いて云った。「ならこの話はおしまいだ。これからの話をしよう」

太宰が素直に引いたのが、私には不思議だった。絵の在処《ありか》を私に吐《は》かせれば、太宰は無傷でここを出られる。だが太宰の目は静かで、そこにはもう決断を終えてしまった人間特有の、優《やさ》しい無関心さがあった。その理由までは判らないが。

「さて。これからどうしようか」

「脱獄《だつごく》する」と私は断言した。「こんな場所にいてやる義理はない」

「それは名案だね」太宰はそう云うと、自分の両手を掲《かか》げて見せた。「けど、どうやって？」

私と太宰の両手には、手錠が掛《か》けられている。玩具《おもちゃ》や模造品ではない、本物の警察が使う官給品だ。それに、独房の入口は施錠《せじょう》されている。

「脱獄方法についてはあてがある」と私は云った。「だが、何ともならないものもある。理由だ」

「理由？」

「お前は脱獄したくないだろう？」

太宰はきょとんとした顔で私を見た。そして云った。「僕を助けるつもりかい？」

「そうしようと思ったが、お前には理由がない。私に付き合って、ここを脱獄する理由が」

太宰は周囲を見回した。「慥《たし》かに、ここにいても自殺くらいはできる。だから気にせず、君一人で脱獄を――」

「お前は首に縄《なわ》をかけてでも連れていく」

太宰がぽかんとした顔で私を見た。

「君……そんな強引《ごういん》な性格だっけ？」

「自分でそうすると決めた事に関してはな」私は云って、外の気配に意識を集中させた。扉の向こうに誰かいる様子はない。

「それで、俺が頼《たの》んだら太宰、お前は一緒《いっしょ》に来てくれるか？」

「どうかな。そう簡単に人の頼みを聞くような出来のいい人間じゃあなくてね。皆僕に何かさせるのに苦労してるよ。君は何を差し出せる？」

正直に云えば、その一言は私には意外だった。「お前が欲《ほっ》するものを、俺が差し出せると思うか？」

「判らない」太宰は諦《あきら》めたような笑みを浮かべた。「本当に判らない。君みたいな人間は初めてだからね。だから訊《き》いてるんだ」

私は考えた。

太宰が何を欲しているかについては、心当たりがあった。だが私のほうに、それを差し出せる手持ちがない。

だが。

——願う事はもう、死くらいしかない。

——何故人は必ず死ぬ？

「太宰」私は云った。「ここを出たら、その足で〝例の場所〟に行こう。すぐに。そんなに遠い場所じゃあない」

太宰は目を丸くした。「〝例の場所〟って——そこに行かずに死ぬのは愚《おろ》かな事だ、っていう、あの？」

「そうだ」

太宰は瞬《まばた》きをして私を見た。私はまっすぐその目を見返した。

何故かは判らないが、ずっと昔の事を思い出した。少年の頃《ころ》の事を。

「太宰——お前は正しい。死にたくなる事自体に善も悪もない。この世には重要な事があふれているように見えて、実際には大事な事なんて何もないからだ。生も死も、本当は全部どうだっていい。これから行く場所も、多分お前の期待に応《こた》えるようなものではないのだろう。そこには石ころと紙くず、その程度の価値のものしか見いだせないのだろう」

太宰はぽかんとして私を見つめていた。目の前で起こっている事が信じられない、とでもいうように。

私は自分の掌《てのひら》を見つめた。そこを指で触《ふ》れ、感触《かんしょく》を確かめた。何箇所《なんかしょ》か触《さわ》って確認《かくにん》し、そうやって時間を稼《かせ》いでいたが、やがて最後の言葉を云った。

「だが——もし違《ちが》ったら？」

沈黙《ちんもく》が落ちた。

誰《だれ》かの心にここまで接近しようと試みた事はこれまでなかったし、うまくいった実感もなかった。だが不思議とあまり後悔《こうかい》はしなかった。今ここで云わなくても、巡《めぐ》り巡っていつかどかで私は太宰にこの台詞《せりふ》を云うのだろう。そんな気がした。

太宰は何も云わなかった。ただため息をつき、思案するように遠くを見ながら手を頭の後ろで組んだ。鎖《くさり》が鳴った。「莫迦《ばか》な事を云う人間に捕《つか》まったものだね、僕も」それから表情を隠《かく》すように横を向いて、ちらりと横目で私を見た。「秘密の場所、ね……そこまでお願いされちゃったら、一緒に行ってあげなくもないけど」

私は眉《まゆ》を持ち上げた。「素直《すなお》じゃないな」

「別に！　素直じゃないとかそういうんじゃなく！　そこまで期待を！　僕は！」

私は頭を掻《か》いた。「ならこうしよう。お前がこのまま死ねば、俺が墓を建てる。そしてその墓碑《ぼひ》にはこう刻まれる——〝織田作之助にポーカーで一度も勝てなかった男、太宰、ここに眠《ねむ》る〟」

太宰はあっけにとられて私を見た。それから口を丸く開いて云った。「そ、れは困るな！　よし、仕方ない、脱獄してやろう！」

太宰は立ち上がり、両手を掲げて指を鳴らした。

きつくしめられていた筈《はず》の手錠《てじょう》が、するりと手品のように外れて落ちた。

「最初から外しておいたんだな？」

「そのへんに落ちてた針金で、ちょっとね」

「扉《とびら》の錠前もそれで何とかなるか？」

「当然」太宰がすました顔で云《い》った。それからふっと何かに思い当たった顔をして、私を見た。

「もしかして、脱獄方法にあてがある、って——僕のこれの事？」

私は肩《かた》をすくめた。「看病生活の何日目かで、お前の脚《あし》を拘束《こうそく》していた鎖の鍵が、こっそり外されていた。鎖を重ねて誤魔化《ごまか》していたみたいだが」

「何だ、ばれてたの？　つまんないな」太宰は唇《くちびる》を尖《とが》らせた。

太宰は私の手錠を手に取り、鍵穴に針金を突《つ》っ込んで回した。すぐに内部機構の噛《か》み合わせが外れる、乾《かわ》いた金属音がした。

手錠が私の足下《あしもと》に落ちた。

「どれくらいぶりかな。行きたい場所がある、っていうのは」太宰は手首をさすりながら微笑《ほほえ》んだ。「行った場所に何もなくても、それはそれでいい気がしてきたよ。——さあ、さっさと外に出て、うまい空気を吸おう」

♠
♥
♦
♣

地下掩蔽壕《バンカー》は長く、入り組んでいて、どこかの名も知らない地底生物の躰《からだ》の中みたいだった。

私と太宰は、湿《しめ》った壁《かべ》に手をつき、薄明《うすあ》かりを頼《たよ》りに進んだ。ときどき黒い虫が、手の近くをさっと逃《に》げていった。どこかで水滴《すいてき》が落ちる音が聞こえた。

壕の中には、かすかな風が吹《ふ》いていた。風は冷たく、湿っていて、誰かの呼気のような気の滅入《めい》る臭《にお》いがした。私と太宰はその風が吹き込むほうへと進んだ。

「たとえここを脱出《だっしゅつ》したとしても」太宰が私の後ろを歩きながら云った。「それで連中が〝絵〟の事を綺麗《きれい》さっぱり諦める訳じゃあない。対策が必要になる——毎週引っ越《こ》ししながら生きるのでもない限りね。君のほうで、何か意見は？」

「特にない。引っ越しは必要ない」私は前を向いて歩きながら答えた。「これまでも過去がらみで何度か襲《おそ》われる事はあった。そのたびに何とか切り抜《ぬ》けてきた。今回も、死ぬまでは生きるだろう」

「それは実に賢明《けんめい》な生き方だね」太宰がため息をついた。

太宰の云いたい事は判《わか》る。だが私としては、過去が私を追いかけてくるなら、したいように

させておくべきなのではないかという、うっすらとした諦めがある。それを何と呼ぶべきなのか、罪悪感、あるいは贖罪《しょくざい》と呼ぶべきなのか、自分でもよく判らない。

とはいえ、今回のように周囲を巻き込むとなれば、達観してばかりもいられない。太宰の云う通り、何か対策を考えるべき時なのかもしれない。

「太宰、もしお前なら対策に何を――」

振《ふ》り返った。ここにいるであろうと予想した地点に、太宰はいなかった。

遙《はる》か後方。歩廊《ほろう》の壁に手をつき、うずくまっている。

「悪いけど……やっぱり、先に行っていてくれ」太宰は浅い息をつきながら云った。「僕は、少し休んでから、追いかけるから」

顔色が白い。指先が震《ふる》えている。

私は駆《か》けて戻《もど》り、太宰の脇《わき》に手を入れて支えた。太宰の躰は氷のように冷えていた。

「何があった？」

「誘拐《ゆうかい》された時……気絶している間に、多分、何かを……」

ちょうどその時、未来が見えた。

閃光《せんこう》。風切り音。

そして太宰の胸元《むなもと》が盛大に張り裂《さ》け、肋骨《ろっこつ》が飛び出し、胸に巨大《きょだい》な血花が咲《さ》く。即死《そくし》。

銃弾《じゅうだん》だ。

私は太宰の首元を摑《つか》んで勢いよく引っ張った。太宰が前のめりに倒《たお》れた。一瞬《いっしゅん》前まで太宰のいた空間を銃弾が駆け抜け、背後側の壁に着弾して湿った音を立てた。

私は太宰を引きずって廊下を脱出し、コンクリ柱の陰《かげ》に身を隠した。人生に最悪な事は幾《いく》つかあるが、閉鎖《へいさ》空間で銃に狙《ねら》われるのは、間違《まちが》いなくそのひとつに入るだろう。しかもこちらは丸腰《まるごし》で、動けない怪我《けが》人を抱《かか》えている。

「少しお前さん達を甘く見すぎたな」

今来た廊下の逆側、林立する柱の空間の向こう側で、聞き覚えのある声がした。

元警官、年かさの白髪《はくはつ》の男。その動作には、常に人を待たせる事に慣れた力強い緩慢《かんまん》さがあった。歳《とし》経た警官が常に備える、例の力強さだ。

「包帯のお友達には、気絶している間に経皮毒を塗《ぬ》らせて貰《もら》った。しばらくは手足が痺《しび》れて、自分の頭を搔く事もできんだろうよ」

年かさの男は拳銃《けんじゅう》を持っていた。ダブルアクション・リボルバー。装弾数は五発。警察の制式拳銃だ。

その銃を誰かに向けるでもなく弄《もてあそ》びながら、男はうそぶくように云った。

「両手を挙げてこちらに来い。それともお友達を庇《かば》って死ぬか。どちらでもいい」

私は素早く周囲を観察した。

そこは広い備蓄《びちく》室だった。元は避《ひ》難《なん》用の水や食糧《しょくりょう》を保管しておくための広大な空間だったのだろうが、今は何も備蓄されておらず、がらんと広い。人ひとりでは抱えられないほどの太さの柱が、まるで太古の無機質な兵隊のように、等間隔《とうかんかく》に並んでいる。入口は四方すべての壁に合計四つあり、その先の廊下はどれも意味ありげな闇《やみ》に沈《しず》んでいる。

何かの役に立ちそうな道具も、安全に逃げられそうな脱出路もない。

「そんなに金が欲しいのか」私は太宰を庇うよう、さりげなく立ち位置をずらしながら訊《たず》ねた。

「お前さんの云いたい事は判るよ。金、金、金。誰も彼も、金に縛《しば》られすぎる。我々だって、金が命より大事だなどと思っちゃいないよ。お前さん達もそう思うだろう？　だから命を粗末《そまつ》にせず、素直に〝絵〟の在処《ありか》を吐《は》け。たかが組織の下っ端《ぱ》が、金のために命を落とすなんぞ、やってられんだろう」

その言葉を登場音楽とするように、銃を持った男達が次々現れた。四人、八人、十二人。背広の者、警備服の者、都市迷彩柄《めいさいがら》の軍衣の者、その姿はさまざまだが、皆《みな》一様に疲《つか》れてすり切れた、冷たい表情をしている。

武器は自動拳銃、小銃、散弾銃。対してこちらは丸腰。どうにかなる戦力差ではない。

しかもこちらは怪我人の太宰がいる。おそらく太宰を一緒《いっしょ》に誘拐したのは、こういう状況《じょうきょう》のため。つまり人質《ひとじち》のためだろう。

圧倒《あっとう》的な暴力の差を背景に、男は優美で冷たい笑《え》みを浮《う》かべた。「既《すで》に聞いているだろうとは思うが、我々は皆、元警察関係者だ。この国の警察関係者は皆優秀《みなゆうしゅう》だ。だが、その優秀さが報《むく》われるだけの報酬《ほうしゅう》を常に得てきたとは云いがたい。危険と隣《とな》り合わせの仕事には、まったく釣《つ》り合わない薄給《はっきゅう》の人生を送ってきた。そして国家はその矛盾《むじゅん》を見て見ぬ振りをしてきた。だが、報道や政治家に文句を垂れてばかりで何もしない、豚《ぶた》のような民衆と同じにはなりたくない。だから我々は行動する。己《おのれ》の手で対価をつかみ取る。つまり、お前さんの知る〝絵〟は、いわば国家秩序《ちつじょ》を保つ者達へのささやかな祝福となる訳だ。光栄だろう？」

元警官の男は、自分の演説に酔《よ》うように両手を広げた。まるで自分こそが、神から唯一《ゆいいつ》の使命を受けた使者であるとでもいうように。

理由は判らないが、その台詞《せりふ》と表情で、私はその男の事が嫌《きら》いになった。それまでは、殴《なぐ》られようが誘拐されようが拷問《ごうもん》されようが、大して好きでも嫌いでもなかったのだが。私にしては珍《めずら》しい事だ。もっとも、私が誰《だれ》かを嫌いになろうがなるまいが、この世界にとっては大した影響《えいきょう》はないのだが。

「やれやれ」呆《あき》れたようなため息が聞こえて、私は振り返った。ため息の主は太宰だった。

「小物の長広舌を聴《き》かされるのは苦痛だねえ。こんな場所からは早く出たいんだよ。喉《のど》が渇《かわ》いた」

年かさの男の目が危険な光を帯びた。「この状況が判っていないようだな」

銃を持った全員が、銃口の狙いを太宰に向けた。

「織田作之助君。その少年を殺されたくなければ、素直《すなお》に投降しろ。お前さんには我々の長い話に付き合って貰わなければならない」

私は男を見て、それから太宰を見た。「投降すれば、太宰は見逃《みのが》すか？」

男は一瞬だけ考えていたが、やがて頷《うなず》いた。「いいだろう。元よりその少年は我々には何の価値もない。必要なのはお前さんの頭と口だけだ」

私は全員の顔をゆっくりと見較《みくら》べてから、耳の後ろを指で掻《か》いた。意味のない動作だ。それから両手を挙げて云《い》った。「判った。投降する」

男が、喜びの表情を押し隠《かく》したように唇《くちびる》を歪《ゆが》ませた。

別の元警官が進み出て、私の両手に手錠《てじょう》を掛《か》けた。

「今度はきつく縛り上げておけ。逃げられんようにな」

私は太宰を見た。太宰は何か不服そうな顔で私を見ていたが、何も云わなかった。

「さて、では織田作之助君、こちらへ。特別に酒を用意しよう。長い話になりそうだ」男は手錠の鎖《くさり》を手に取り、私を引き寄せた。それから太宰に一瞥《いちべつ》を送り、部下に向けてどうでもよさそうに云った。「包帯の小僧《こぞう》は始末しろ」

「約束が違《ちが》う」と私は云った。

「約束？」男はどこか嬉《うれ》しそうに眉《まゆ》を持ち上げた。「ああ、慥《たし》かに私は約束を破った。ならお前さんは？　我々は法の番人だぞ。お前さんは今まで、法を一度も破らず遵守《じゅんしゅ》してきたとでもいうのか？」

　私は過去の自分の行いを思い出しながら言った。「憶かに」

「納得《なっとく》してる場合じゃないよ」太宰の平板な声がした。

「判《わか》っている」と私は云った。「太宰、俺も同じだ。喉が渇いた。さっさと出よう」

「ここからどう出ると？」私の頭に銃がつきつけられた。「これだけの人数差で、そちらは丸腰、怪我をした人質つき。過去に組織にいたというだけのつまらない下っ端が、どうにかできる状況ではないと思うが」

「ははは。〝過去に組織にいたというだけのつまらない下っ端〟？」奇妙《きみよう》に奥行きを欠いた笑い声がした。私は太宰を見た。「鏡に向かって悪罵《あくば》を投げるのはよくないね」

　全員がさっと太宰を睨《にら》んだ。太宰はそんな視線など意に介《かい》さず、ゆるやかに周囲を見回しながら続ける。

「そもそも僕が何故《なぜ》、彼の家の前にいたか教えようか？　ある噂《うわさ》を知っていたからだよ。その家の周囲には、どんな悪党も寄りつかない。こそ泥《どろ》も、売人も、マフィアでさえも。どんな連中も、あの家の周りでだけは面倒《めんどう》を起こさない。〝無風地帯〟だ。まるで何かを、あるいは誰かを、恐《おそ》れているように」

「は？　何を――」

「連中は僕達を生きて帰す気はないようだよ？　だからまあ、後はよろしく」

その言葉と同時に、太宰は支えの外れた立て看板のように、まっすぐ後ろへと傾《かたむ》いた。盛大な音と共に、地面と平行になって仰向《あおむ》けに倒れる。

全員が驚《おどろ》いて太宰を見た。

完全な仰臥《ぎょうが》。つまり、流れ弾《だま》が中《あた》る可能性が最も低い姿勢。

それが合図になった。

私は手錠を握《にぎ》っていた男の手を握り返し、強く引いた。男がバランスを崩《くず》して前へとつんのめる。

同時に私は跳《と》んだ。

左右の脚《あし》で、相手の頸部《けいぶ》を挟《はさ》み込み絞《し》める、飛びつき式脚挟み絞め。だが絞めるだけでは終わらない。私は上下逆になりながら、両脚と摑んだ手の二点で男を固定し、そのまま自由落下の悪夢へと男を誘《いざな》った。年かさの元警官はほとんど何もできず、硬《かた》いコンクリ床《ゆか》にまともに激《げき》突《とつ》した。頭をしたたかに打ちつけ、昏倒《こんとう》する。

「な……」

周囲の元警官達が絶句した。何が起こったか理解できていない。

だが世界は、個人の理解を礼儀《れいぎ》正《ただ》しく待ってはくれない。私は落下の直前、両脚を離《はな》し、そのまま床を転がっていた。受け身を取り、床とほとんど平行になって身を起こした私の手の中には、既に、奪《うば》った拳銃が握られている。

「殺せえっ！」

誰かが叫《さけ》んだ。

私は猛獣《もうじゅう》のように駆《か》け出した。

部屋奥の敵に向けて、まずは銃弾《じゅうだん》を二発ずつ、合計四発。弾丸は正確に敵の左右の腕《うで》に吸い込まれ、弾丸の運動量で敵がのけぞる。

彼等の転倒《てんとう》を見届ける事なく、私は最も近い敵へと突進《とっしん》した。背広姿の敵が、銃口をこちらへと泳がせる。

私は低空で飛び込むように相手の懐《ふところ》に入り、銃を上に向けて一発。腕を撃《う》たれた彼はのけぞり、自動拳銃が勢いで手から離れ、空中を泳ぐ。

私の脳裏に一瞬《いっしゅん》で数字が駆け抜《ぬ》けた。今持っている回転式拳銃は装弾数五発。撃った数も五発。ただし今空中にある自動拳銃は複列弾倉式で、装弾数は十七発。いい数字だ。

私は空中で自動拳銃を逆手に掴《つか》んだ。握り直す時間はない。小指を引き金《トリガー》にかけ、水平に二発。手首を返して、さらに二発。部屋の隅《すみ》で、着弾音と悲鳴が響《ひび》く。

私は転がって膝《ひざ》をつき、姿勢を整えた。逆手に持っていた拳銃《けんじゅう》をお手玉のように放《ほう》り投げ、順手に掴んで構え直す。

「なんっ……何なんだこいつは！」誰かが恐慌《きょうこう》めいた悲鳴をあげた。「ただの下っ端《ぱ》のはずだろう！」

弾丸の雨が殺到《さっとう》する。私は床を蹴《け》って横に跳躍《ちょうやく》、さらに床に手をついて半回転し、円弧《えんこ》の動きで弾丸を避《よ》ける。運動の終点で角柱に隠れる。

直後、誰かの気配を感じて、私は素早く首を振《ふ》った。

柱の陰《かげ》を抜けて、暗色の迷彩《めいさい》服姿の男が突進してきた。刈《か》り込まれた黒髪《くろかみ》、隆々《りゅうりゅう》たる筋肉。拳銃を顎《あご》のすぐ前でコンパクトに構え、脇《わき》を開き、銃把《じゅうは》を右手で押し、左手で引くように握りしめ固定している。屋内近接銃撃戦《じゅうげきせん》における最適な握り方《グリップ》だ。私は本能的に理解した。こいつはおそらく元特殊《とくしゅ》部隊員。つまり戦闘《せんとう》の本職だ。

至近距離《きょり》で、拳銃弾が放たれる。私は首を振ってぎりぎりで回避《かいひ》。反撃に私は拳銃を相手に向けるが、それは横から薙《な》ぐように現れた敵の手の甲《こう》に払《はら》われた。

相手の銃口が再び私に向く。流れた私の拳銃も戻《もど》ってくる。お互《たが》い片手で持った拳銃が、殴り合うような至近距離で、相手を喰《く》らいあおうと空中を旋回《せんかい》する。

そこからは、獣《けもの》のような撃ち合いの応酬《おうしゅう》になった。

弾丸が私の耳元をかすめる。肘《ひじ》で相手の銃口を払い、同時に銃把部分を叩《たた》きつけるように相手の頭部へとなぎ払う。まともに叩きつけられれば頭蓋骨《ずがいこつ》が砕《くだ》けるような一撃を、相手は頭をそらして回避した。こちらを見てにやりと嗤《わら》う。

だがその回避は、私が狙《ねら》ってそうさせたものだった。銃による打撃動作の終点で、私はわざと狙いを外したまま、引き金《トリガー》を引いて銃を撃つ。すぐ耳元で炸裂《さくれつ》した銃撃の轟音《ごうおん》に、相手が獣のような悲鳴をあげる。さらに、排出《はいしゅつ》された空薬莢《からやっきょう》が、金色の弧《こ》を描《えが》いて相手の眼球へと落ちた。高熱になった空薬莢が相手の眼《め》を灼《や》く。ジュッと肉の焼ける音がした。

その隙《すき》を私は逃《のが》さなかった。

長い脚を折り畳《たた》んで、相手の太腿《ふともも》、膝、足の甲への下段蹴りを三連。体勢が流れた相手の首筋に、金槌《かなづち》の一撃のような右の鈎突き《フック》。首の筋が幾《いく》らかブチブチと鳴った。軽く跳んで距離を取りながら、相手の厚い胸板に、渾身《こんしん》の前蹴り。全体重を乗せた一撃に、相手の躰《からだ》が吹《ふ》き飛び、背後の柱に叩きつけられる。後頭部をしたたかに打ちつけて戻ってきた敵の顔には、もはや意識の光はない。よって次の一撃も避けられない。

私の脚が死神の鎌《かま》のように旋回した。単発で最も破壊《はかい》力がある打撃技《わざ》とされる、空中後ろ回し蹴りが男の顎をまともに捉《とら》えた。特殊部隊の男は回転しながら吹き飛び、頭を床に打ちつけ、仰向けになって気絶した。一週間は流動食しか食べられないだろう。

「そんな……蘆場《ヨシバ》がやられた……？」

「囲め、囲んで撃て！　殺せ！」

私は既《すで》に、蘆場という名前らしい元特殊部隊員から、拳銃を掏《す》り取っていた。大きさの異なる拳銃を、両手に構える。

両手に銃を握った以上、ここからは闘争《とうそう》の時間ではない。

ここからは、ダンスの時間だ。

弾丸が殺到した。私は立ち上がってほとんど目を閉じ、両手の銃を撃った。前方に二発。両手を水平に広げて二発。翼《つばさ》のように後方に掲《かか》げて二発。胸の前で腕を交差させて二発。閃光《せんこう》が室内を照らしだし、影《かげ》が世界を切り取る。

そして最後に、銃を揃《そろ》えて前方に二発。

金色の薬莢が床に幾つも落下し、澄《す》んだ金属打楽器のような音色を奏《かな》でた。それが終わりの合図だった。

私は銃を構えて静止し、次の動きを待った。誰《だれ》かが咆哮《ほうこう》とともに武器を構え、部屋になだれ込んでくるのを。だが誰も来なかった。誰も起き上がらず、誰も反撃しなかった。

部屋に立っている人間は私だけになった。

誰も床に倒《たお》れ、呻《うめ》いている。両腕《りょううで》、あるいは脚、あるいは肩口《かたぐち》を撃たれ、出血と痛みに悶《もん》絶《ぜつ》している。

「呆《あき》れたね」本当に呆れた風な声に振り返ると、太宰が歩いてくるところだった。「誰も死んでいない。手足を撃たれて重傷だが、皆《みな》生きている。君、一体どんな手品を使ったんだい？」

「死なないように撃った」私は素直《すなお》に答えた。

「はあ」太宰は肩を落として云《い》った。「いや、そうじゃなく、何の理由でこんな真似《まね》を……まあいいや。後で聞こう。全く、君からは聞き出したい事が沢山《たくさん》ある。今はさっさとここを脱《だっ》出《しゅっ》しよう」

「太宰」歩き出した太宰の背中に、私は声を掛《か》けた。「二秒数えた後で、左に一歩避けろ」

太宰は振り返って私を見て、しばし静止した後、ひょいと躰を傾けて左に水平移動した。

太宰がいた空間を、銃弾が駆け抜けていった。

弾丸の出所は床だった。床に倒れた男達のうちの一人が躰を起こし、太宰を撃ったのだ。

それは私を拷問《ごうもん》した、年かさの元警官だった。そういえば彼だけは撃っておらず、投げ技《わざ》で昏倒させただけだったと思い出した。

反撃したいが、私の銃はちょうど弾切れだ。

相手が二発目を撃つより疾《はや》く、私は腰《こし》の拳銃を投擲《とうてき》した。手首の返しだけで投擲された拳銃が水平に飛翔《ひしょう》し、男へと吸い込まれるように直撃した。銃と銃が激突し、両者がはじき飛ばされた。

「くそ……！」年かさの男が手を押さえて呻いた。「お前は何なんだ！　お前は一体……！」

その問いに答える理由はなかった。この場の誰にも。だが私は少し考えた後、口を開いた。

「伝説的な殺し屋の組織。そんなものは最初から存在しない」

「何？」

「お前は、俺以外の構成員は見つけられなかったと云った。当然だ。そもそもお前達が知る実績を残したのは、組織ではない」

当惑《とうわく》した男の顔に、徐々《じょじょ》に理解と驚愕《きょうがく》の色が広がった。

「お前、一人……？」そう云って、男は力を抜いた。その表情にゆっくりと、恐怖《きょうふ》の感情が浮《う》かび上がった。「あれだけの畏怖《いふ》、あれだけの都市伝説を広めた組織、政府でさえ恐《おそ》れて手出ししなかった伝説の殺し屋組織が……お前の、たった一人の、仕事だったと……？」

私は部屋の奥に落ちていた短機関銃を拾い上げ、男の前に立った。

その短機関銃は、一秒に十発もの弾丸を発射可能な中東製の銃だ。穴を開けるというより身体《からだ》を削《けず》り取ると形容すべきような、猛烈《もうれつ》な破壊力が宿っている。

「云い残す事はそれだけか」

そう云って銃口を男に向けた。

男の表情が凍《こお》りついた。

私には彼の見ているものがよく理解できた。銃を向けられると、人間はその銃口の黒さ、輝《かがや》きの他《ほか》には、何も見えなくなってしまう。

「お前は間違《まちが》った人間に狙いをつけた。この世界では、間違った者は代償《だいしょう》を支《し》払《はら》わなくてはならない。お前がこれまで殺した多くの人間が、支払ったのと同じ代償を」

「待っ、待て、撃つな！」男は叫んだ。逃《に》げたいが、昏倒《こんとう》の影響《えいきょう》で手足がうまく動かないようだ。

「何故《なぜ》俺が待つ必要がある」

「俺は！　俺は刑事《けいじ》として、二十年以上も、真面目《まじめ》に働いてきた！」男は急にうまく呼吸ができなくなったように、喉《のど》を閊《つか》えさせながら云った。「だが……その二十年で得られた収入は、今の犯罪業で得られた金の、ほんの半年分にも満たなかった。何故そんな事が起こる？　何故正義は報《むく》われない？　私は慥《たし》かに犯罪者かも知れん。だが本当の悪は、正義を為《な》しても報われない仕組みを創《つく》った、この国の為政者達《いせいしゃ》だ！」

その言葉には、本当にそうだと信じている者の、押し込められた哀切《あいせつ》があった。人間が出せる種類の声のなかで、最も説得力を持つ響《ひび》きの声だ。

だが、その痛切さに、わずかな痛痒《つうよう》も感じない人間がいた。

「あははは」乾《かわ》いた平坦《へいたん》な笑い。太宰だ。「全く、びっくりするほど予想の範疇《はんちゅう》を超《こ》えない男だね、君は。最後の演説まで予想通りだ」

太宰は相手を見下ろした。河原の石ころを見る時でも、人間はもう少し関心のある顔をするだろう。

「予想を超える事のない人間には腹が立つよ。さあ、こんな奴《やつ》さっさと撃《う》っちゃってよ、君。織田……ええと、君、そういえば名前、何て呼べばいい？」

太宰は私を見て云った。そういえば太宰は私の事を一度も名で呼んでいない事を思い出した。

「好きに呼べばいい」

そう云って私は、当たり前に銃《じゅう》を撃った。

砕岩機が岩を砕く時のような音がして、短機関銃が銃弾《じゅうだん》を吐《は》き出した。人間を容易《たやす》く挽肉《ひきにく》に変える9粍《ミリ》の死神が、群れをなして男へと殺到《さっとう》した。

着弾した場所の床《ゆか》が爆裂《ばくれつ》し、破片《はへん》があらゆる方向へと飛び散った。男は声にならぬ悲鳴をあげ、二、三度痙攣《けいれん》したあと、力を失った。

「うわあお、本当に殺さないんだね」傷ひとつないまま気絶した男を見下ろして、太宰は軽い声で云った。「こいつに較《くら》べて、君は本当に面白《おもしろ》いね。こいつは生きている限り君を追う。殺さなきゃあ駄目《だめ》じゃないか」

「ああ、慥かに」私は頷《うなず》いた。それから銃を捨て、当たり前に歩き出した。「行こう」

少し間があったが、太宰が私の後から歩いてついてくる音が聞こえた。

太宰の指摘《してき》は正しい。きっと私は愚《おろ》かなのだろう。

もっとも、それは今初めて知った事実ではない。

♠ ♥ ♦ ♣

どんな王も、永遠にこの世に君臨し続ける事はできない。

私達が外に出たのは、この世の頂点である太陽が沈《しず》み、その光輝《こうき》を失いつつある、夕刻の頃《ころ》だった。

空は紫《むらさき》の煮汁《にじる》をこぼしたみたいな色に染まり、暖かな橙色《だいだいいろ》は遠くへと後退しつつあった。気の早い星が銀色の瞬《また》きで空を彩《いろど》り、引っ掻《か》き傷のような月が低い位置に浮かんでいた。

私達は街を歩いた。楼閣《ビル》の隙間《すきま》には生暖かく、使い古された空気がゆっくりと流れていた。通り過ぎる上品な人々は皆、私達とすれ違《ちが》う時、おそるおそる振《ふ》り返って私達の姿を確認《かくにん》した。何しろ我々は傷だらけで、地下室の泥染《どろじ》みだらけで、おまけに藁《わら》のように全身くたくただった。長い一日を通り過ぎた私達には、通行人の視線に気を遣《つか》う余裕《よゆう》は残っていなかった。

「疲《つか》れたな」と私は云った。

「疲れたねえ」と太宰は云った。「これからどこに行くんだい？」

「例の場所だ」

私はそう云って、懐《ふところ》から煙草《たばこ》の箱を取り出した。ここしばらくは吸っていなかった煙草だが、今日は多くの事がありすぎた。

火をつけようとした時、ふと隣《となり》に太宰がいる事を思い出した。太宰は未成年だ。私は思い直して煙草を戻《もど》した。

「気にせず吸えばいい」と太宰は云った。

私は唇《くちびる》に煙草を引っかけたまま、数秒の間考えた。煙草が揺《ゆ》れるのと同じように、思考が揺れた。だが結局、太宰の云う通りにする事にした。

煙《けむり》を吸い込み、吐き出す。煙草の先端《せんたん》からたちのぼる煙が、夕闇《ゆうやみ》の空に引っかかって揺れた。

私は通りを折れ、狭《せま》い路地へと足を踏《ふ》み入れた。太宰が続く。

そこは夕陽《ゆうひ》も届かず、一足早く夜の気配がうずくまっていた。その路地を白い光が切り取っていた。店の看板だ。私はそこで立ち止まり、目の前の扉《とびら》を開いた。

「ここかい？」

太宰が訊《たず》ねた。私は無言で先を促《うなが》す。

店内はひっそりとしていた。秘密の通路を思わせる、狭く急峻《きゅうしゅん》な階段を降りると、まず音楽が聞こえてきた。錆《さ》びた音色のジャズ・ナンバー。とても古い曲、家族が去っていく悲しみについての曲だ。その曲のおかげで、一段階段を降りるごとに、過去をさかのぼっていくような感覚がした。あるいは実際に、この店は外の世界と較べて少しばかり過去に存在しているのかもしれない。

開店したばかりのせいか、店に客はいなかった。

薄暗《うすぐら》い照明に照らされて、店内のすべてが黄褐色《おうかっしょく》の海底に沈んでいるかのようだった。カウンターの向こうで杯《さかずき》を拭《ふ》いていたバーテンダーが、目だけで私を見て、目だけで頷いた。

「ひょっとして、これが〝死ぬ前に行くべき場所〟？」太宰は拍子抜《ひょうしぬ》けしたような声で云った。

「ただのバーじゃあないか。善い店だとは思うけど……」

「ああ。何の変哲《へんてつ》もない、ただのバーだ」私は素直《すなお》に認めた。「秘密も何もない。——騙《だま》されたんだよ、お前は」

太宰は心がどこかに飛んでいったような無表情になって、その場に立ち尽《つ》くした。

ずいぶん時間が経《た》ってから、太宰は口を丸く開いて、間の抜《ぬ》けた声で云《い》った。

「……はあ？」

「考えてもみろ。ポートマフィアの大物さえ知らないような新事実を、俺のような小物が知っている訳がないだろう。それにお前、喉が渇《かわ》いたと云っていたじゃないか。マスター、いつものを」

私はバー・スツールのひとつに腰掛《こしか》けた。バーテンダーが蒸留酒を私の前に、静かに置いた。

杯の中の液体が、照明を反射してなめらかに煌《きら》めいた。氷が何かの合図のように、からりと鳴った。

「座ったらどうだ？」

私は太宰を見て云った。

太宰は不満げな顔でしばらく店の中に立っていたが、席と、バーテンダーと、私の顔を見較べた後、ゆっくりと席に尻《しり》を乗せた。

太宰が注文し、杯が彼の前に運ばれた。

それからしばらく、誰《だれ》も喋《しゃべ》らなかった。

「何ていうか、つまり」太宰は自分の杯を眺《なが》めたまま云った。「君が嘘《うそ》をついたのは、もしかして……死にたがる僕を、引き留めるためかい？」

「違う。俺はそんな殊勝《しゅしょう》な人間じゃあない」そう云って私は杯を傾《かたむ》け、またカウンターに置いた。「年下の人間が人生のすべてを知った風な事を云うものだから、少しからかった。それだけだ」

私が云ったその言葉は、本当のような気もしたし、誤魔化《ごまか》しのような気もした。己《おのれ》の心というものは、他人の心に負けず劣《おと》らず判《わか》らない。

太宰はしばらく、言葉の裏を透《す》かし見ようとするように私を凝視《ぎょうし》していたが、やがて諦《あきら》めて頭を振った。「いまいち信じられないけど、そういう事にしておこう」

「あまり悲しむ事はない。確実に信じられる事も世の中にはある。それもふたつも」私は服の内側から、トランプの束を取り出した。「ひとつめ、お前はまだポーカーで俺に勝っていない事。ふたつめ、死んでしまった人間は、生きている人間とポーカーをする機会を永遠に失う事」

太宰はしばらく私を睨《にら》んでいたが、やがてふっと頰《ほお》を緩《ゆる》めて笑った。「その余裕、すぐに消し去ってみせるよ」

それから私達は、杯を傾け、ポーカーをしながら他愛もない話をした。

今の仕事。お気に入りの店。趣味《しゅみ》の話。最近出版された本の話。

からんと鳴るグラスの音があり、内緒話《ないしょばなし》をするために乗り出された躰《からだ》があった。

話す内容が途絶《とだ》える事はなかった。たとえばこんな具合だ。

「ところで、君みたいな凄腕《すごうで》が、どうして郵便配達員なんていう安全かつ退屈《たいくつ》な仕事をしているんだい？」

「他《ほか》にできる仕事も特にないからだ。この仕事をはじめて四年になる。慥《たし》かに退屈な仕事だが、他の郵便配達員はだいたい一ヶ月から二ヶ月で退職か殉職《じゅんしょく》するから、人手不足で辞められない」

「……は？」太宰が目を丸くした。「今、殉職って云った？」

「先週、集配場が爆破《ばくは》された」私は杯を傾けながら云った。「荷物の中に、うちの会社を狙《ねら》った爆弾《ばくだん》が交じっていたんだ。爆発の直前、俺がそいつを外に放《ほう》り投げた。あと一秒遅《おそ》ければ、荷物が全部吹《ふ》き飛ぶところだった。従業員も」

「ええ……？　何それ？」太宰の声には驚《おどろ》きと当惑《とうわく》が混じっていた。「郵便配達員って、戦場で開業するものだっけ？」

「少し似ているかもしれない。うちは横浜の危険地帯で、危険な荷物を専門に運ぶ郵送業者だ。横浜租界《そかい》、海賊出没《かいぞくしゅつぼつ》海域、軍研究施設《しせつ》の特別警戒《けいかい》区域。色々な事情で通常の郵送会社が立ち入れない場所に、期限内に荷物を届ける。産業スパイの襲撃《しゅうげき》を避《さ》けながら依頼《いらい》人に開発部品を届ける事もあれば、誘拐《ゆうかい》された富豪《ふごう》に実銃《じつじゅう》を配送する事もある。上司が凄腕で、その人と二人で大抵《たいてい》のものは届けられる。だが、危険なわりに実入りが少ない。給与《きゅうよ》も、もう四ヶ月も貰《もら》っていない」

「ねえねえちょっと待ってよ。その話、どうして僕が怪我《けが》で寝《ね》てて暇《ひま》だった時にしてくれなかったの？」

太宰は表情を変えた。子供が腹を立てている時の顔だ。

「済まない」

「謝って欲しいんじゃない！　マスター、おかわり！」太宰は杯をカウンターに叩《たた》きつけた。「こうなったらとことん話して貰うよ。その仕事で、今まで運んだもの全部！　教えて貰うまで今日は店から出ないからね！　まずは誘拐された富豪に実銃持ってった話から！」

「仕方ないな」

私は杯の酒を飲み干した。それで喉《のど》を湿《しめ》らせてから、あれは慥か、と切り出した。

それが夜の合図になった。

音楽は流れ、時間は流れ、杯の液体が喉へと流れた。我々の言葉もひそやかに現れ、どこへともなく流れて去った。

「あっはっはっは！　誘拐された富豪が二人いた⁉　何それ！　どっちが本物だったの？」

音楽が流れ、時間が流れた。夜は深まり、客は白波のように現れては去った。

「太宰、それは本当か？　マフィアに敵対していたその男が怪獣《かいじゅう》になった？　口から破壊光線《はかい》を出して横浜を破壊しようとした？　その話、どこからが嘘なんだ？」

語るべき言葉が尽きる事はなかった。それは喉の奥のどこか深い場所でずっと出番を待って蓄《たくわ》えられていたかのように、するすると口から飛び出した。

互《たが》いが話し、互いが聴《き》き、互いが分け合った。ポーカーのカードが配られ、何度めかの勝負が決したが、二人ともポーカーにはほとんど注意を払《はら》っていなかった。

私は最初に彼と逢《あ》った時を思い出していた。家の前に転がっていた、血まみれの太宰の事を。あれはほんの数日前の事だ。ずいぶん遠く隔《へだ》てられた数日前を、私は思った。もしあの時、私が太宰を放って扉を閉めていたら、我々はどうなっていただろうか？

「よし決めた。織田作だ」ある時太宰が、意を決したように身を乗り出して云った。「織田、って短い名前にしては君は変すぎるし、織田作之助、って呼ぶのは長すぎる。君は織田作。これから誰かに名前を訊ねられたら、そう答えるように」

「織田作？　妙《みょう》な呼び名だな。農民みたいだ。俺に呼称変更権《こしょうへんこう》はないのか？」

何故《なぜ》かふと頼《たの》みたくなったのだ。

「ないなら仕方ないな」

太宰は蟹缶《かにかん》を注文した。私はギムレットを注文した。ここしばらく注文した事がなかったが、
私は酒を一口飲んで云った。

「ないのか……」

「ない！」


それから私達はまた、無数の話をした。

振動《しんどう》厳禁の配達荷物を開けてみたら、がらがらを持った乳飲《ちの》み子だった時の話。

密輸宝石の販売網《はんばいもう》を入手すべく、中東の富豪と命を賭《か》けて〃あっちむいてホイ〃対決をした時の話。

配送品である一杯《ぱい》の牛乳を護《まも》るため、宗教武装組織の兵士五百人から逃《に》げまくった時の話。

重力遣《づか》いである相棒の少年と出逢った時の話。

言葉はやがて繋《つな》がりを失い、ばらばらの言葉の群れとなって私達の間を漂《ただよ》った。音楽が時として音符《おんぷ》の連なりではなく、音符それ自体に意味を持つごとく振《ふ》る舞《ま》うように、私達のお喋りは喉の振動それ自体が意味を持ち——詩的な表現を使えば——私達を楽器へと、言葉を発する楽器へと変えていった。

「いやあ、こんなに喋ったのは本当に久しぶりだよ」太宰はひとしきり喋った後、疲《つか》れたよう

に力を抜いて云った。

「それはよかった」と私は云って、もう何度目になるか判らないポーカーのカードを配った。「だが、少し長居しすぎた。そろそろ閉店の時間だ。お前はこれから、自分の家に帰るんだろう？」

太宰の怪我はもう峠《とうげ》を越《こ》えている。あとは放っておいても自然治癒《ちゆ》するだろう。私の役目は終わったのだ。我々の関係も。

太宰は頷《うなず》いて、カードを受け取った。そして何気ない口調でその言葉を云《い》った。

「次はいつ集まる？」

私は動作を止めて、太宰を見た。

それが普通《ふつう》の問いかけではない事は、太宰も判っていた筈《はず》だ。それは私が今まで聞いたどの台詞《せりふ》よりも特別な、いわば魔法《まほう》の言葉である筈だった。死にたがりだった太宰にとっての、『次』。

だが太宰は軽《かろ》やかで他意のない笑顔《えがお》のまま、私の反応を待っている。ただ息を吸って、吐《は》いただけとでもいうように。

「どうかな」私は自分が云うべき台詞を探して視線を彷徨《さまよ》わせた。「判らない。お前も忙《いそが》しい身だろう。だがそれが必要と云うなら――」

「ははは、面白《おもしろ》い。君はそういう感じの顔で驚くんだね。はい、ショウダウン」

そう云ってトランプのカードをすべて表にした。

「キングのフォーカード。僕の勝ちだ！」

私は自分の手札と太宰の手札を見較《みくら》べた。慥かに、太宰が勝っている。

「ここまでの勝負は、君の異能の仕様を掴《つか》むためのものだったのだよ」太宰は嬉《うれ》しそうに笑った。「君が未来を読める時間はおおむね五秒から六秒。だから最終ベットから七秒以上かけて札をオープンし、それと同時に手札をすり替《か》えれば、君はその未来を予知できない」

太宰は手札にあるクラブのキングを掲《かか》げて見せた。手をひらりと軽やかに裏返してから戻《もど》すと、札はハートの8に変わっていた。もう一度手を翻《ひるがえ》すと、またクラブのキングに戻る。間近で見ても、一体どこからカードが出てきたのか全く判《わか》らない。

「勿論《もちろん》、すり替えは君も警戒していた。だから会話で君の気をそらした」

「ここまでの勝負と会話の流れ……どちらも狙い通りだった、という訳か」

「ふふ。大事な台詞をカモフラージュに使って、望みの行動を通す。これが交渉《こうしょう》術の基本だよ」

私はカードを整理しながら訊《たず》ねた。「どちらがどちらのカモフラージュなんだ？」

太宰は一瞬《いっしゅん》、意表を突《つ》かれたように表情を止めた。だがそれはほんの一瞬の事で、表情を隠《かく》すように首を傾《かたむ》けて笑った。私の見間違《みまちが》いでなければ、そこには照れたような表情が見てとれた。店内の暗い照明の下なので、見間違いかもしれないが。

「〝ここに来ずに死ぬのは愚《おろ》かな事だ〟――か。なかなか切れる台詞を云ってくれたね」太宰は表情を隠したままで云った。

私は場のカードを一枚ずつ揃《そろ》えながら云った。「たまには俺も正しい事を云う」

閉店の時間になり、客はぱらぱらと出て行った。引き上げ時だ。外では夜が深まり、静けさにすべてが呑《の》み込まれている頃《ころ》だろう。

トランプの札を眺《なが》める。

私はポーカーが得意だが、絶対に負けない訳ではない。絶対はこの世のどこにもない。この世のあらゆるものは、本質的にコントロールが不可能だからだ。私達にできるのは、それを受け入れる事、そしてせめてもの抵抗《ていこう》に、それを楽しむ事だ。

バーの片隅《かたすみ》で、過去のどこかで、未来の不確定性の渦《うず》の中で。

「千回札をめくって、千回予想通りだったとしても、千一回目が予想通りである保証はどこにもない」と私は云った。

「ああ。今回私も思い知ったよ」と太宰は云った。

「私？」

「変かい？」

太宰は微笑《ほほえ》んだ。その笑みは、先程《さきほど》よりも幾分《いくぶん》か歳《とし》経て成熟しているように見えた。

私は首を振った。今日は本当に色々な事が起こる。

「先程の質問だが」と私は立ち上がりながら云った。

「次いつここで集まるか、俺も慥《たし》かな事は云えない。お前は自分でも知っての通りの気分屋だし、俺に関して云えば、まだ自分の問題が片付いていない」

太宰が頷いた。「例の元警官達だね？」

「連中は諦《あきら》めないだろう。たとえ諦めても、連中が最後とは思えない。〝絵〟の話は、他《ほか》にも漏《も》れていると考えるべきだ。地球の反対側に逃げても、いずれ情報に追いつかれる」

裏社会の人間というのは、どこかで横の繫がりを持っているものだ。《48》の連中がどのような伝手《つて》で私の過去を知ったのかは判らないが、おそらく別の犯罪組織から情報を買ったのだろう。仮にそうでなかったとしても、《48》の連中は私の情報を他の犯罪組織に売るかもしれない。そうなると、私が対処すべきは連中だけでは収まらなくなる。いずれ私ごときの手に負えなくなる日が来るだろう。

「厭《いや》だなあ、そんな事まだ悩《なや》んでいたのかい？」太宰は腕組《うでぐ》みをした。「簡単な解決方法があるじゃあないか」

「そうなのか？」

「地球の反対側で駄目《だめ》なら、もっと深い場所に逃げればいい」太宰は軽い口調で云って、肩《かた》をすくめた。「どんな犯罪組織もおいそれと手出しのできない、深い場所。そんなに遠い場所じゃあないよ。この横浜にその場所はある」

太宰はそう云うと、にやりと笑った。「その場所に行かずに死ぬなんて、愚かな人間のする事だ」

私は思案を巡《めぐ》らした。ややあって、ひとつの場所に思い当たった。

慥かにそこに入れば、どんな犯罪組織も手出しできない。

そこはこの横浜で最も暗い場所。暴虐《ぼうぎゃく》の黒嵐《こくらん》で覆《おお》われた、夜の神殿《しんでん》。その内部にいる人間は鉄の掟《おきて》で結束し、外から構成員を攻撃《こうげき》されれば、一列の牙《きば》となって敵に喰《く》らいつく。

「どんな人間も、過去からは逃げられない」と太宰は微笑んで云った。「だが、そこに入れば別だ」

「俺にそこに入れと？」

「君次第《しだい》だ」太宰は微笑んだ。「だが約束する。そこに入れば、君はどんな過去からも思い悩まされる事はなくなる。どんな過去も、そこには手出しできないからだ」

「それはどこだ？」

太宰は得意げな笑みを浮《う》かべた。そして招き入れるように両腕を広げた。

そして告げた。未来を大きく変え、その運命を決定づける言葉を。

「名前かい？　その組織の名はね……」

〈太宰を拾った日　Side-A〉完

Side-B

玄関《げんかん》ポーチに、血まみれの青年の死体が転がっていた。

私はその死体を見下ろして、それから家の前を見た。

静かな朝だ。向かいのアパートメントが、目の前の舗装路《ほそう》に黒く長い影《かげ》を落としていた。生垣《いけがき》に植えられたノウゼンカズラが、風に吹《ふ》かれてさわさわと、人間には読み解《か》けない囁《ささや》きを交《か》わしていた。どこか遠くで、長距離《ちょうきょり》トラックが路面をこする音が聞こえた。

そして眼前の階段の下に、死体がひとつ。

死体。

それはどのような場合であっても、存在が奇妙《きみょう》に誇張《こちょう》されて見えるものだ。だが今回は違《ちが》った。その死体は風景に溶《と》け込み、朝の穏《おだ》やかな日常と一体になっていた。

少しあって、私はその理由に気がついた。死体の胸が、かすかに上下していた。

死体ではない。生きている。

私は青年を観察した。青年は黒ずくめだった。ぼさぼさの黒い蓬髪《ほうはつ》に、襟《えり》の高い黒外套《がいとう》、黒い三つ揃《スリーピース》いの背広、黒い襟締《ネクタイ》め。黒ではないのはボタンダウンのシャツと、顔に巻かれた包帯。こちらは白と赤のまだら色だった。その色模様は、不吉《ふきつ》な中国の予言文字を私に連想させた。

彼が倒《たお》れているのは、玄関ポーチへとつながる階段の下段だった。ひび割れたコンクリの階段には、這《は》いずったような血の跡《あと》が下へと続いている。

問題。眼下にあるこのほぼ死体を、私はどうするべきか答えよ。

簡単だ。私が彼に足先で触《ふ》れ、そのまま体重をかければ、彼はそのまま階段を転げて下の地面へと到達《とうたつ》する。そうすれば彼がいるのは私の敷地《しきち》ではなく公道となる。国の領地だ。国の領地にて窮《きゅう》するもの、皆《みな》すべからく国の慈悲《じひ》にして救済されるべし。私のような平凡《へいぼん》な郵便配達員は、家へと帰りて朝食を食すべし。

私が冷たく無慈悲な人間だからそうするのではない。生存上の必要があってそうするのだ。

青年の傷は、明らかに銃創《じゅうそう》だ。全身を何箇所《なんかしょ》も撃《う》たれている。おそらくここから見える以上に、彼の躰《からだ》は穴だらけだろう。

私は青年を見て、路面を見て、空を見て、もう一度青年を見た。

それから行動を開始した。まず青年に近づき、両脇《りょうわき》を抱《かか》えて持ち上げた。彼の踵《かかと》を引きずるようにして家へと運び入れ、壁《かべ》のはめ込み式のベッドに横たえた。彼は見た目よりずっと軽く、一人で運んでもそれほど苦労はしなかった。傷の様子を検分する。傷は深く多く、出血も尋《じん》常《じょう》な量ではなかったが、すぐに適切な治療《ちりょう》をすれば死ぬ事はないだろう。

私はクローゼットの奥から医療道具箱を取り出し、彼に簡単な応急処置を施《ほどこ》した。上半身の下にタオルを嚙《か》ませた。服を鋏《はさみ》で切断して傷口を露出《ろしゅつ》させ、弾丸《だんがん》が残っていないか確かめた。血流を止めるために止血点——脇《わき》の下、肘《ひじ》の裏、踝《くるぶし》、膝《ひざ》の裏——を押さえ、清潔な布で強く縛《しば》った。それから消毒した止血帯で傷口を止血した。彼にとって幸いな事に、私はこの手の応急処置は目を閉じていたってできた。

ひととおり処置を終えてから、私は青年を見下ろして腕《うで》を組んだ。青年の呼吸は安定している。呼吸器や骨も傷ついてはいなそうだ。だが目を覚ます様子はない。頭の中で、いいから放《ほう》り出してしまえと命じる天使の声がした。こんな不審《ふしん》な人間を治療するなんて愚《おろ》かな事は他にないぞ。その声に私は従うべきなのだろう。それが賢《かしこ》い人間というものだ。

その天使の忠告に従う前に、もう一度私は青年を観察した。

青年の顔には見覚えがない。どうやら知人ではなさそうだ。どうやら、というのは、顔のほぼすべてを覆う包帯のせいで、人相が全く判《わか》らないからだ。

妙《みょう》な胸騒《むなさわ》ぎがした。この青年は何かがおかしい。血だらけで家の前に転がっている人間がおかしくない、という事は有り得ないのだが……私は最初に彼を見た時とは、全く別種の違和感《いわかん》を覚えた。

回り込んで顔を見る。青年は目を閉じている。その顔は青白く、疲労《ひろう》していた。呼吸も、よく注意しなくては判然としないほど浅い。だがそれでもなお、私は彼の佇《たたず》まいに、奇妙な力強さを感じた。意志の力、己の躰に対する慥《たし》かな信頼感《しんらい》、もっと云《い》えば、そう——
まるで今こうして倒れている事が、彼の計画通りであるとでもいうような。

青年が目を開いてこちらを見ていた。

私はぎょっとして飛び上がった。いつ目を開いたのか、全く気がつかなかった。動作する気配もなく動作し、見る気配もなく見る。彼にはそのような行為《こうい》が可能だった。普通《ふつう》に生きている限りには、まずお目にかかれない種類の人間だ。

その目。

私は観察力の優《すぐ》れた人間ではない。それでもその目を見れば、幾《いく》つかの事がおのずと判明した。おそらく彼は、人を殺した事がある。それも一桁《ひとけた》や二桁《ふたけた》ではない。何百人も。それだけの人間を殺すと、通常の人間が所有し得る精神の向こう側、光も重力も届かない彼岸の彼方《かなた》へと到達してしまう。到達した者の精神はまず目に、そして口元に表れる。眼球は黒い穴となり、口元の筋肉は表情ではなく罪の深さを表現するための器官となる。

そして別の事も瞬時《しゅんじ》に判った。この青年は、私の事を知っている。

「お前は、誰《だれ》だ？」

思わず出た声は、自分のものとは思えないほどからからにひび割れていた。足下《あしもと》に力を入れていなければ、脚《あし》が勝手に一歩退《ひ》いていただろう。

「お前は、誰だ？」

私は再び問いかけた。返事はなかった。聞こえているのかどうかすら判らない。何故《なぜ》なら、私の問いかけに対して、瞳《ひとみ》の光は全く何の応答も見せないからだ。どんな心の冷えた人間でも、目と目を合わせて言葉を投げかければ、そこに何かしらの反応が見てとれる。だがこの青年にはそれがない。ただ私という形象のある方向に、黒い目を向けているだけだ。

詳《くわ》しい事はまだ何とも云えないが、私は青年から、ある状態を連想した。――ここに心はない。心に似たがらんどうがあるだけだ。

そう思った矢先、青年が口を開いた。

何かを云おうとしている。

私は委細聞き漏《も》らすまいと、唇《くちびる》を注視して耳をすませた。

だが――青年は何も云わなかった。口をある形に開いただけだ。彼は何も云わず、何も感情を見せず、ただ唇の形状を変えた。それだけだ。

「お前は俺を知っているのか？」私は訊《たず》ねてみた。「何故家の前で倒れていた。その傷の理由は？」

青年は私を見て、口を開き、何かを云おうとするみたいに息を吸い込んだが、結局何も云わなかった。口はそっと元通り閉じられた。まるで最初から開くべきではなかったとでもいうような気配と共に。

声が出せないのだろうか。失語症《しつごしょう》、あるいは先天性の発話障害。人間は、さまざまな事が原因で声を失う。精神的な理由。脳の疾患《しっかん》。喉《のど》を炎《ほのお》で焼かれたか、手術で咽頭《いんとう》を切除する事でも声を失い得る。だがこの青年にはどれも当てはまらない気がした。すぐ喉元まで音声が来ているのを、抑《おさ》え込んでいるような気配があった。彼は喋《しゃべ》れるのに喋らないのだ。

「喋りたくないならそれでもいい。だが治療をせずに放っておけば、お前は死ぬ。俺の云っている事が判るか？」

青年は返事をしなかった。その目はあまりにも静かな虚無《きょむ》に満ちていて、私はそれで彼には聞こえていると判断した。もし耳が聞こえなければ、それ相応の混乱や、聞こえないという主張をする気配があるはずだからだ。

「お前を治療するか、それとも放り出すか、それは俺が決める。お前が喋らない以上、お前に決定権はない。それでいいか？　よくないなら、何か喋れ」

青年はじっと私を見た。何秒も、あるいは何十秒も。それからそっと目をそらし、目を閉じた。どこまでも無音で、どこまでも無感情だった。

彼は聞こえるし喋れる。対話をしないのは、ただ扉《とびら》が閉ざされているだけだ。分厚く巨大《きょだい》な鉄製で、どれほど力を込めようとも決して開かない扉が。

「そうか。なら好きにさせて貰《もら》う」

私は云った。私の言葉は空虚に反響《はんきょう》し、部屋の隅《すみ》のどこでもない場所にぽとりと落ちた。


そのようにして、私とその青年との共同生活が始まった。

厳密には、それは共同生活とは呼べない。看護生活とすら呼べないだろう。それは一種の調整作業であり、監視《かんし》作業であり、保守作業だった。ひどく露悪《ろあく》的な表現をあえて使うとすれば、それは魚を飼う作業に似ていた。何しろ青年は、ベッドに横たわったきり、一日ほとんど動かないのだ。食事と排泄《はいせつ》を除けば、ほとんど身じろぎすらしない。こちらの言動に反応もしない。

手間はかからなかったが、人間を相手にしているという気がしなかった。感謝の言葉が聞けるとは思っていなかったし、暴れたり不満を云われたりするよりはずっと楽だったが、終始落ち着かない気分にさせられた。こんな経験は生まれて初めてだった。

ただ一度、顔をほとんど覆《おお》った包帯を取り替《か》えようとした時だけは、きつい抵抗《ていこう》を受けた。それは全く想像すらしなかったような素早《すばや》い反応だった。包帯を取り替えようとした私の手首を素早く摑《つか》んだ。手の他《ほか》の部位はまったく動かなかった。まるで手だけが別の生物となって、私に襲《おそ》いかかったみたいだ。

実際のところ、包帯は取り替えるべきだった。顔のほとんどを覆った包帯は既《すで》にところどこ

ろ灰色になり、血の染《し》みは黒ずんで陰鬱《いんうつ》な色彩《しきさい》となっていた。衛生上の観点からも、怪我《けが》人が身につけていていい状態のものではない。だから私はどうにか取り替えようとしたが、あまりに頑固《がんこ》に抵抗するので、やがて諦《あきら》めてしまった。消毒液は念入りに塗布《とふ》しているし、死ぬ事はあるまい。

おそらく、と私は想像した。顔を覆った包帯を取り替える事で、私に顔を見られる事を恐《おそ》れているのだろう。冷たく硬《かた》い瞳の色からは、その種の意固地さが見てとれた。そこまで強い意志で拒否《きよひ》されるのなら、引き下がるしかない。だが、その後どれだけ思い返しても、青年と以前逢《あ》った記憶《きおく》は出てこなかった。写真で見た記憶もない。だから彼の心配は全くの杞憂《きゆう》だ。そう思ったし、実際にそう口にもしたが、相手からの反応はなかった。

好きにすればいい。

私は彼のぶんの食事をつくり、服を着替えさせ、躰《からだ》の包帯を取り替えた。会話はしなかった。彼はとにかく無口だったし、私だって会話が巧《たく》みな人間とは云いがたい。彼の沈黙《ちんもく》体質は都合がいいくらいだ。だがどことなく、自分がどこに行くか判らないボートに乗せられているような妙な気分は拭《ぬぐ》えなかった。

警官が家に現れたのは、そんな折の事だった。

「すみません、S河署の者ですが。近隣《きんりん》で流血した男が倒《たお》れていたとの通報がありました。お話を聞かせて頂けませんでしょうか」

採光のためについた扉の飾《かざ》り窓に、男の人影《ひとかげ》が見えた。一人だ。

私は固まった。その時の私は、珈琲《コーヒー》を淹《い》れるためにキッチンで湯を沸《わ》かしている最中だった。

「すみません、警察です。ご在宅でしょうか？」

無遠慮《ぶえんりょ》な敲扉《ノック》が、玄関扉《げんかんとびら》を何度も揺《ゆ》らす。

私はちらりと青年を見た。名も知らぬ青年。外の声にも、何ひとつ人間らしい反応を示さない。

彼が見つかればどうなるだろう。私は素早く思考を巡《めぐ》らせた。

青年は十中八九、何らかの犯罪行為《こうい》に加担している。それも呼吸のように犯罪を目にし、犯罪を行っている。あちら側の、夜の側の人間だ。でなければ、銃《じゅう》で躰中撃《う》たれているのに病院に行かないなど有り得ない。つまり警察は、彼を怪我人というよりは、お宝として扱《あつか》うだろう。逮捕《たいほ》実績を上げるための。

一方、私は今のところ、何の罪も犯していない。目にした怪我人を看病しただけだ。銃創を負った人間を目にすれば通報するのが市民の義務だが、「銃創だとは気づかなかった」と云《い》えば、市警としては引き下がるしかない。刺《さ》し傷か何かと勘違《かんちが》いしたと。銃創を判別するのはそれほど難しい作業ではないが、銃創を見分けられなかった罪というのは刑法《けいほう》上存在しない。

つまり、私は青年を市警に売っても、何の咎《とが》もないという事になる。

私は玄関へと足を踏《ふ》み出した。警官に応対するために。適当な理由をつけて追い払《はら》おう。そう思った。そもそも今ここで青年を売るようなら、最初から傷の手当などしていない。

だが、私のその愚《おろ》かな献身《けんしん》は達成されなかった。完全に予想外の事が起こった。

青年が玄関へ突進《とっしん》したのだ。

彼はとんでもなく素早かった。きりきりに縮めた撥条《ばね》が、一瞬《いっしゅん》で解き放たれた時のようだった。彼は玄関の扉を叩《たた》き開け、警官に襲いかかった。

それは誰《だれ》にとっても予想不能な行動だった。そんな瞬発力が彼にある事を、私は予想すらしていなかった。怪我人とは思えないような速度で青年は躍《おど》りかかり、目を丸くした警官の肩《かた》に飛び乗ると、警官の顔に指を食い込ませた。

警官が短く叫《さけ》んだ。

警官が暴れ、青年を戸口の壁《かべ》に叩きつけた。だがそれでも青年は離《はな》れなかった。肩車のような格好のまま警官にしがみつき、両手の指を耳に突《つ》き込んでいた。そのまま耳を引き裂《さ》こうと力を入れる。青年の喉から、獣《けもの》のような吠《ほ》え声が発せられた。

青年が指を引き抜《ぬ》いた。先端《せんたん》が血に染まっている。また指を突き入れる。警官は自由になる腕《うで》で襲撃《しゅうげき》者の躰を摑み、そのまま室内に倒れ込んだ。

床板《ゆかいた》の木材が割れる、べきっという音がした。

襲われていないほうの、やや若い警官が、ようやく思い出したように拳銃《けんじゅう》を抜いた。スイングアウト式のダブルアクション・リボルバー。青年に向ける。警告はなし。その銃が火を噴《ふ》く未来が私には見えた。

私も動いた。警官に突進し、拳銃を掴む。親指を銃身と撃鉄の間に滑《すべ》り込ませる。こうすれば、撃鉄が雷管《らいかん》を叩けず、弾《たま》が出ない。

私は警官を見た。警官は怒《いか》りの表情で私を見た。

背後で、ごろっと何かが落ちる軽い音がした。

金属らしい何か。振《ふ》り返ろうと思ったが、体勢が悪かった。右手で拳銃を掴んでおり、左手側は壁になっていて、振り向けなかった。それがまずかった。

白い何かが、視界の端《はし》で揺れた。

それが投げられた瞬間は見えなかった。だが、投げたのはおそらく警官なのだろう。私の家にはそんな物騒《ぶっそう》なものの備蓄《びちく》はないからだ。——瓦斯手榴弾《ガスグレネード》。

それは円筒《えんとう》形の黒い個人携行《けいこう》武器で、非殺傷性の昏倒瓦斯《こんとうガス》を噴出《ふんしゅつ》する。噴出時間は十二秒、噴出量は気体換算《かんさん》で2.8キロリットル。大昔には手術前の麻酔《ますい》代わりにも使われていた瓦斯で、吸った人間は意識が混濁《こんだく》し、濃度《のうど》にもよるが、おおむね十秒も数えないうちに意識を失う。多量に吸えば命に関《かか》わる。

私は自分の手を口と鼻にあてて摑んだ。それから青年を捜《さが》そうとした。瓦斯手榴弾《ガスグレネード》など、巡《じゅん》回《かい》中の市警が持っていていい代物《しろもの》ではないからだ。

こいつらは警察ではない。

だが、視界の端で何かが動いた。若いほうの警官が拳銃を捨て、私に体当たりしたのだ。私達はもつれあって床に転がった。胸を強く打ち、肺から空気が残らず押し出された。床に転がった私の視界いっぱいに、白煙《はくえん》がうごめいていた。まるで白い水底《みなそこ》に突き落とされたみたいだった。だがそれが白く見えたのもほんの少しの間だけだ。咳《せ》き込んだ私は、瓦斯をまともに吸い込み、一瞬で意識を失った。

♠

♥

♦

♣

音が聞こえる。

冷たく、湿《しめ》った音。

あまりに聞き慣れていて、初めはそれが意味のある音には聞こえない。枯《か》れ葉の転がる音とか、遠くで電車が通り過ぎる音とか、その手の雑音と同じように、意識の辺縁《へんえん》をすべっていく音だ。だがそれが雑音と同じである筈《はず》がない。

それは織田作之助が殴《なぐ》られる音だからだ。

音はくぐもっていて、低く、危険な音には聞こえない。砂袋《すなぶくろ》が落ちたような音でしかない。だが実際にはそれは危険な音だ。

太宰にはそれが判《わか》る。

気の遠くなるような長い間、それに喉元《のどもと》まで浸《つ》かって生きてきたのだから。

「始める前に、伝えておきたい事がある」と、誰かの声が云う。歳《とし》経た男の声だ。「私は暴力が好きではない」

革棍棒《ブラックジャック》を握《にぎ》ったその男が云う。太宰にはそれが見えている。太宰は男を観察している。じっと観察している。包帯で隠《かく》された顔の奥の、鋭《するど》く暗い目で。

「誰かが振るうのも、自分が振るうのも好きではない。だからこれはあくまでビジネス行為だと考えてくれ」

棍棒《こんぼう》が振り下ろされる。拘束《こうそく》された織田作の背中に。太宰はそれをじっと見ている。

太宰がいるのは掩蔽壕《バンカー》の廊下《ろうか》、完全な暗闇《くらやみ》になっている場所だ。織田作との距離《きょり》は10米《メートル》以上離れている。暗闇と距離のせいで、織田作達のほうから太宰は見えない。それどころか、手が届く位置まで近づかれても、誰も太宰には気づかないだろう。そのくらい太宰は濃密《のうみつ》な影《かげ》に溶《と》け込み、彼自身が闇と一体化している。

太宰は見ている。織田作が殴られるのを、ただじっと見ている。

棍棒が振り下ろされる。織田作が呻《うめ》く。

太宰の目は、その暴力を目にしても、ぴくりとも動かない。瞳《ひとみ》は死人のもののように静かで、どのような感情の揺らめきもない。

だが、棍棒が振り下ろされるたびに、太宰の指がぴくりと動く。関節が自動的に跳《は》ね、筋肉が緊張《きんちょう》する。そのたびに白く細い手指の筋が、肌《はだ》に浮《う》き上がる。指が見えない何かを掴《つか》むように曲げられる。まるで己《おのれ》が殴られたとでもいうように。

太宰は闇と一体化している。だから誰も太宰を見つける事はできない。

だが、振り下ろされる棍棒に呼応し、脈動のように発せられる彼の殺気に、年かさの拷問者《ごうもん》が反応した。

「何だ?」

男は振り向き、闇のほうを見る。何も見えない。闇は深く、泥《どろ》のように濃《こ》い。

男は拷問を中断し、歩いていく。誰がいるのかを確かめるために。そうせずにはいられないからだ。彼の経験が警告を告げているからだ。

男が太宰のいたところまで辿《たど》り着く。

だが、そこには既《すで》に誰もいない。

そこには闇だけがある。最初から誰もいなかったかのように。闇が太宰の形をとって現れ、やがて元の闇に溶けて戻《もど》ったかのように。

男は戸惑《とまど》う。そこにはただ万古《ばんこ》の昔から変わらぬ、無窮《むきゅう》の闇だけが蟠《わだかま》っている。

その年若い元警官は、自分が何をされたか全く判らなかった。

彼は、地下掩蔽壕《バンカー》を巡回している時に拉致《らち》された。だが自分が拉致されたと気づいたのは、もっとずっと後——暗闇の中で、身動きひとつ取れなくなっている自分を発見してからの事だ。

彼は座っていた。積み重なった瓦礫《がれき》の麓《ふもと》、コンクリ片《へん》の上に、囚人《しゅうじん》のように座らされていた。目を覚ましたばかりの彼は、自分がどのような状況《じょうきょう》にあるのか理解できなかった。だが、脳が覚醒《かくせい》する前から、ひとつの事だけは明確に意識できた。痛みだ。

躰《からだ》が痛い。重く鋭い痛みが、全身を不快な信号となって駆《か》け回り、肌をぴりぴりと粟立《あわだ》たせている。だが躰のどこが痛いのか判らない。脳は泥のような昏睡《こんすい》の中に、いまだ半ば以上埋《う》まっている。

そこは地下掩蔽壕《バンカー》の奥地、廃棄《はいき》された区画。

この区画で十年ほど前、緊急時《きんきゅう》救出用の酸素ボンベの爆発《ばくはつ》事故があり、それ以来半ば崩落《ほうらく》した状態にあった。天井《てんじょう》といわず壁といわず生物のように罅《ひび》が這《は》い回り、無数の瓦礫が積み上がっている。瓦礫は拳《こぶし》大のものから車ほどの大きさのものまでさまざまで、その隙間《すきま》から基材用の鉄骨ワイヤが、自生する植物のように顔を出している。

薄暗《うすぐら》い隧道《すいどう》の奥、瓦礫によって塞《ふさ》がれた隘路《あいろ》に、彼は座っていた。ちょうど座椅子《ざいす》ほどの高さの瓦礫の上に、腰《こし》を下ろしている。というより、腰を下ろさせられている。彼は自力では動けなかった。

手と足が固定されていたからだ。

両手は、巨大《きょだい》な瓦礫によって上下に挟《はさ》まれていた。肘《ひじ》から先が、口を閉じかけたような形の瓦礫によって、しっかりと挟み込まれている。その瓦礫の重量は、今すぐ腕《うで》が潰《つぶ》れるほど重くはないが、自力で腕を引き抜《ぬ》けるほど軽くもない。

「これ、は……」

彼は絶望にひび割れた声をあげた。

自分の足を見たからだ。

太い杭《くい》が足の甲《こう》を貫通《かんつう》し、床に突《つ》き刺《さ》さっていた。

工事用の杭だ。親指ほどの太さで、古く、錆《さび》が回っている。それが革靴《かわぐつ》を貫通し、皮膚《ひふ》を貫通し、足の肉を貫通し、靴裏を貫通して床に突き刺さっていた。床にはまだ新鮮《しんせん》な血液が、円を描《えが》いて広がっている。

誰《だれ》かが足の甲を杭で縫《ぬ》い止めた。その目的は何か。

「君は、痛みを感じているね」

ひび割れた声が、暗闇の中からした。

　年若い警官は、怯《おび》えた顔で声のほうを見る。

「痛みはいい。痛みは生きている証拠《しょうこ》だ。もっといい事もある。強い痛みは人間を支配し、考えを変えさせ、時として人格すら吹《ふ》き飛ばしてしまう。……何故《なぜ》それがいい事か、判るかい、登田秋彦《とだあきひこ》君？」

　その声は威圧《いあつ》的であり、断定的であり、血のあふれる傷口のような生々しい危険さに満ちていた。少年かと思うような高い声だが、そこには少年が当たり前に持つ人間らしさが欠けている。

　影の男。それは太宰だった。

「それはつまり、我々の人格、魂《たましい》は、痛みや恐怖《きょうふ》という原始的本能の上に立脚《りっきゃく》した、便宜《べんぎ》的で不安定な仮説にすぎないという事を、我々に示してくれるからだよ」

　太宰は薄く微笑《ほほえ》んだ。顔のほとんどが包帯で隠れているために、その笑顔《えがお》は、薄く細められた目と、半月刀のように白く歪曲《わいきょく》した口の形しか見えなかった。

「お前、慥《たし》か、家にいた怪我《けが》人の……」登田《とだ》と呼ばれた年若い警官は、意識が朦朧《もうろう》とした人間が出すような、喘鳴《ぜんめい》のような声で云《い》った。「何故、僕の名前を、知ってる」

「私はほとんどの事を知っているよ」太宰は優《やさ》しくあやすような声とともに、登田《とだ》へと近づいてきた。「君は犯罪組織《48》の一員だ。元は地方署の巡査《じゅんさ》だったのが、職場の元先輩《せんぱい》に誘《さそ》われ、組織に加入した。住居は鶴見川《つるみがわ》の下流に近い、架線《かせん》の下。両親と妹が信州で酒造業を営んでいる。犯罪で得た金は銀行に預けず、廃品《はいひん》集積場の金庫の中に隠している。賢明《けんめい》だね」

「な……」

青ざめる警官を見下ろし、太宰は冷たい目で云った。

「心配しなくていい。君を痛めつける趣味《しゅみ》はない。──〝絵〟について知っている事を、すべて話せ」

「何……絵だって？　お前一体何者だ、何故僕の名前を知っ──」

「答えが違《ちが》う」

太宰はどうでもよさそうに相手の言葉を遮《さえぎ》り、その足を蹴《け》った。

爪先《つまさき》で小石を転がすような軽い動作だったが、警官はのけぞって絶叫《ぜっきょう》した。

「ぎゃあああああああっ⁉」

足の甲に突き刺さった杭が、蹴られた事で神経と骨を揺《ゆ》さぶり、その痛みが全身を突き抜けたのだ。

「本当はこちらだって、君と話していたくなんかないのだよ。だから無駄《むだ》なお喋《しゃべ》りは遠慮《えんりょ》して貰《もら》おう。〝絵〟について話せ。何故織田作がそれを所有していると知っているのか。そもそも何故〝絵〟に価値があると知ったのか」

「し……」警官の顔が歪《ゆが》んだ。激痛がうねりとなって体内を駆け回っている顔。「知ら、ない……」

「へえ」太宰が眉《まゆ》を持ち上げて云った。だがそれ以外の表情は完全に平坦《へいたん》で、凪《な》いでいる。

「本当だ！　僕は入ったばかりの下っ端《ぱ》で、ほとんど何も知らされていない！　知っているのは、何億もの価値のある〝絵〟を、あの織田とかいう男が隠してるって事だけだ！」

「登田《とだ》君」太宰は歩いて警官に近づき、瓦礫のひとつに腕を置いた。「ここは君の組織の隠れ家だ。つまりこの地下施設《しせつ》には、君の〝代役〟が沢山《たくさん》いるのだよ。何も知らないと私に信じさせられれば助かると思うのは間違いだ。君なんか死んでも私は何も感じないし、何も困らない」

警官は冷たい汗《あせ》が全身から噴《ふ》き出すのを感じた。この青年は嘘《うそ》を云っていない。目を見ればそれが判《わか》る。彼は自分を、台所に止まった蝿《はえ》くらいにしか思っていない。

「先刻《さっき》、君達の拷問を見たよ。少し安心した」太宰の笑みは、薄紙のように薄っぺらなものだった。「警官というのは捜査《そうさ》の専門家《プロ》ではあっても、拷問の専門家《プロ》ではないのだね。あんな子供のじゃれあいみたいな拷問では、壁《かべ》の時計が何時を指してるかだって吐《は》かせられないよ。

……本物の拷問がどんな風か、教えてあげよう」

太宰はそう云って、足下《あしもと》の瓦礫をひとつ拾い上げた。重量は数瓩《キロ》程度。両手を使えば、それほど苦もなく拾い上げられる。

「これをどうすると思う？」

太宰は瓦礫を掲《かか》げた。警官は身を硬《かた》くした。それを頭に振《ふ》り下ろされたら、頭が砕《くだ》ける。逃《に》げようにも、手足を固定され、逃げる手立てはない。

太宰はしばらく相手を冷たい目で観察していたが、やがて口を嘲笑《ちょうしょう》めいた形に歪めた。

「違うよ」太宰は首を振った。「これで殴《なぐ》るなんてしない。疲《つか》れるし、手が痛いしね。専門家《プロ》は無駄な力は使わない。正解はこうだ」

太宰は瓦礫を置いた。警官の腕の上に載《の》せられた、巨大で平板な瓦礫の上に。

重い重量が置かれた衝撃《しょうげき》に、警官が小さく顔をしかめる。

「これでおしまい。どうだい、拍子抜《ひょうしぬ》けだろう？　拷問《ごうもん》というのはね、最初はソフトに始めるものなのだよ。そのほうが想像する時間が取れるからね。何故なら、人類にとって最も強い恐怖というのは、自らの想像力に対して抱《いだ》く恐怖だからだ」

そう云うと、太宰はもうひとつ瓦礫を持ち上げ、同じ瓦礫板の上に載せた。

「ひとつふたつでは大した事はない。では十個なら？　二十個なら？　君の腕は固定され、上に少しずつ重量が加えられていく。今は腕が圧迫《あっぱく》されて痛い程度だろうが、いつかは限界が来る。——ゆっくりと、時間をかけて、骨が砕かれ、両腕が潰されていく。少しずつ瓦礫の量を増やしていくから、それを想像する時間はたっぷりある」

警官の顔から、ゆっくりと血の気が引いていった。複雑な思考が、彼の目から失われていった。今あるのは、極めて原始的で単純な感情。

「それだ」太宰は愉快《ゆかい》そうに相手の額をつついた。「それが恐怖だ。自らの想像力に対して抱く恐怖。誰も人間から想像力を奪《うば》う事はできない。さあ、続けようか」

　さらに瓦礫が持ち上げられ、上に載せられた。肘から先に重量が掛《か》かる。

　警官の頬《ほお》を、冷たい汗が滑《すべ》り落ちた。

　これから起こる事は明白だった。腕が砕ける。瓦礫の重量を受けている骨は、主に前腕《ぜんわん》の橈《とう》骨《こつ》と尺骨、手の付け根にある月状骨、舟状骨《しゅうじょうこつ》、三角骨。それに指の関節。これらに荷重が掛かり、最も力が集中した順に砕けていく。

　肉が負傷した場合の痛みに較《くら》べ、骨折の痛みは遙《はる》かに強く、不快で、どんな人間にも耐《た》える事は不可能だと云われる。

　しかも通常の骨折では、骨は最も力の加わった一点で破断し、そこで終わる。だがこの拷問では、骨の一箇所《かしょ》が折れると新たな箇所に応力が集中し、そこが新たに砕ける。破断は次々に連鎖《れんさ》し、最後には骨は木材破砕《はさい》機にかけられたみたいに粉々になり、腕は、肉と血の混じった平らなマットレスとなる。

　そして、そこに至るには、長い長い時間が掛かる。

「頼《たの》む！　やめてくれ！」

　警官は叫《さけ》び、逃げようと立ち上がった。だがほとんど意味のある動作にはならなかった。わずかに腰を浮《う》かせただけだ。両手は押さえつけられ、両足は杭で固定されている。逃げるどころか、体勢を変える事すらろくにできない。

「なら質問に答えろ」

太宰が瓦礫《がれき》板にもたれかかり、体重を預けた。

「ぎいいいいっ！」

太宰がもたれた事で、さらに圧力がかかった両腕《りょううで》が軋《きし》む。

「絵について話せ。私はそのために来た。君達の組織を潰《つぶ》すのは簡単だ。けど絵の件を片付けなくてはならない。それが計画の『第一段階』だ」

「第一段階……？」

警官は当惑《とうわく》の声で訊《たず》ねる。相手が何を云っているのか、微塵《みじん》も理解できていない。

この世界にそれを理解できる人間は、まだ存在しない。

「全部知っているんだ。君の事も、君の組織の事も、これから起こる事も」太宰の声は、内面の何かを押し殺してひび割れている。「知りたいのは絵の事だけだ。何故《なぜ》なら、このままでは織田作は死ぬからだ。未来を変えるため、私は絵の在処《ありか》を知らなくてはならない」

「判らない、判らない、お前が何を云っているか判らない！　僕はただの下っ端《ぱ》だ、本当に何も知らない！」

「そうかい」

また瓦礫が載せられる。警官が叫ぶ。そしてあらん限りの力を振り絞《しぼ》って、腕を瓦礫から引き抜《ぬ》こうとする。生き残るには、そうする他《ほか》に方法がないからだ。

両腕がぴんと張り、関節が白く透《す》き通る。警官は息を止め、普通《ふつう》では有り得ないような怪力《かいりき》を発揮した。腕がほんの少しだけ、外側に向かってずれる。

だが、そこまでだった。

「無理だよ」太宰は優《やさ》しさすら滲《にじ》む声で云《い》った。「全力を出せば、今なら腕を引き抜く事も可能だろう。でも君には引き抜けない。コンクリの表面は粗《あら》い。全力で引けば、どこかで腕の皮《ひ》膚《ふ》が破けるだろう。さらに引き抜く程《ほど》に接触《せっしょく》面積は減り、皮膚にかかる重量は増えていく。つまり君は、皮膚が破れ、露出《ろしゅつ》した肉がコンクリに削《けず》られるのを感じながら、腕を最後まで引き抜かなくてはならない。そんな自らの躰《からだ》を自分で削っていく行為《こうい》を、最後まで続けられるかな？」

警官の顔に怯《おび》えが走った。腕の力が緩《ゆる》む。

荒《あら》い息をつきながら、警官が躰を丸める。

「ほらね」太宰は微笑《ほほえ》む。「君の意思、君の魂《たましい》は、腕を引き抜けと叫んでいる。だが想像力が恐怖《きょうふ》を生み、恐怖が腕を止めさせる。だから云っただろう。我々の人格、魂は、痛みや恐怖といった原始的本能の上に立脚《りっきゃく》した、便宜《べんぎ》的で不安定な仮説にすぎないと。今日この瞬間《しゅんかん》、痛みは君の主《あるじ》であり王なのだよ。――だから君は喋る。必ず喋るよ」

警官の全身が恐怖に震《ふる》えていた。それは痛みに対する恐怖であり、想像力に対する恐怖であった。だが何より恐《おそ》ろしいのは目の前の青年、痛みを生み出し、痛みを支配する、痛みの国の王だった。

「あんたは……何者なんだ。何故こんな事ができる」

「私は痛みの専門家《プロ》」太宰は秘密を打ち明ける時のように、顔を近づけて云った。「そうだな。自分への言い訳が欲しいだろうから、教えてあげよう。私はポートマフィア五大幹部の一人だ」

それで警官は、痙攣《けいれん》を起こしたように跳《は》ねた。目に後悔《こうかい》の色が浮かんだ。全身の筋肉が硬《かた》くこわばり、一瞬彼は、腕の瓦礫の事も、足の杭《くい》の事も忘れた。

「判った、話す。何でも話す！　僕は知らなかった、これがポートマフィアを怒《おこ》らせる仕事《ヤマ》だなんて！」警官は髪《かみ》を振り乱して絶叫《ぜっきょう》した。「金なら払《はら》う、仲間だって幾《いく》らでも売る！　だから助けてくれ、頼む、助けてくれ！」

とても容易《たやす》く、警官は陥落《かんらく》した。太宰は薄《うす》く笑った。

「絵の事をどこで知った？」と太宰は訊ねた。

「ある——画商からだと聞いてる」警官は目を血走らせ、必死で記憶《きおく》を回想した。台詞《せりふ》の一言一言が、自分の命、尊厳を左右するとようやく気づいたのだ。「そいつは港通りで小さな画廊《がろう》を経営しているが、裏では贋作《がんさく》の取引にも携《たずさ》わっている、いわゆる灰色の商売人《グレイ・マーチャント》だ。そいつが先月、仕事でしくじって逮捕《たいほ》された。偽物《にせもの》と知りながら顧客《こきゃく》に絵画を売った罪だ」

「喉《のど》がなめらかになってきたみたいだね」太宰は微笑んで、手近な瓦礫に腰掛《こしか》けた。「それで？」

「それで……担当市警が、余罪を洗った。大した罪は出なかったが、ひとつでかい事件の容疑が掛かった。故買だ」

「へえ」太宰が首をかしげた。「続けて」

警官は、痛みに耐えるため途切《と》れ途切《ぎ》れになった声で説明した。

それはその画商の過去最大の仕事《ヤマ》だった。欧州《おうしゅう》から流れてきた盗難《とうなん》品を、密《ひそ》かに売りさばく仕事だ。それは大人二人がかりでようやく運べるほどの巨大《きょだい》な絵画で、農業にいそしむ夫婦《ふうふ》が描《えが》かれた、中世欧州の風景画だった。14世紀欧州の大君主だった貴族に名を列するある男が描いた絵で、その時代の絵画の最高傑作《けっさく》とも呼ばれていた。

ある夜、それが仏国の国際美術館から消えた。盗《ぬす》んだのは異能強盗《ごうとう》団。犯人達は日本へと逃《に》げ、そこでその絵画を金に換《か》えるべく、画商に接触を図った。

盗難品の買い取り――故買は、その画商にとっては手慣れたものだった。だが今回は仕事の規模があまりに大きい。歴史的価値すらある絵画だ。盗難の報道は当然世界に広まっており、買い手もそう簡単には見つからない。

だが結局、画商はその仕事をやってのけた。最終的に絵を買ったのは、国内のさる富豪《ふごう》だ。航空機の輸入業で財を築いた男で、高価な美術品を愛する男だった――というより、高価な美術品を所有する自分を愛する男だった。その富豪は絵を、自宅の地下室に飾《かざ》った。誰《だれ》にも見せる気はなかった。己《おのれ》自身に見せていればそれで十分だ。

そんな訳だったので、逮捕された時、画商が真っ先に考えたのはその絵画の事だった。その絵の行方《ゆくえ》は、国際的な関心事になっている。その足取りが摑《つか》まれたとなれば、欧州刑事警察機構《EUROPOL》が出てくる。そうなれば捜査《そうさ》の苛烈《かれつ》さ、罪科の大きさは、横浜市警が管轄《かんかつ》していた時の比ではなくなる。

そこで画商は犯罪組織《48》に、故買証拠《しょうこ》の抹消《まっしょう》を依頼《いらい》してきた。

それは《48》が得意とする稼業《かぎょう》のひとつだった。市警内部の協力者を通じて、署の証拠品保管室から証拠品を盗み、あるいは犯罪記録を書き換える。消す罪科の重さによって価格は上下するが、捜査過程を知り尽《つ》くした《48》の手腕《しゅわん》はそちらの業界では人気が高く、依頼は引きも切らなかった。

《48》の動きは迅速《じんそく》だった。絵画強盗団の渡航《とこう》記録の抹消、故買取引に使った倉庫近辺の監視《かんし》映像記録の書き換え。彼等には現役時代に培《つちか》った知識と、何より徹底《てってい》した根気強さがあった。昼から夜へ、法の番人から無法者へと転がり落ちても、その根気強さだけは誰にも奪《うば》えなかった。

だが、そこまでだった。問題がふたつ起きた。

絵画を買った富豪が殺されていた事。

そして、絵画が消えていた事だ。

　富豪が殺されたのは自宅での事だ。家族共々殺されていた。犯人を示す証拠は一切《いっさい》なく、それどころか、どのように侵入《しんにゅう》し、どのように殺害したのか、その方法すら判《わか》らなかった。判ったのは、至近距離《きより》から頭部に銃弾《じゅうだん》を一発受けて即死《そくし》した事だけだ。弾丸の旋条痕《せんじょうこん》はどんな記録とも一致《いっち》しなかった。

　明らかに専門家《プロ》の殺しだ。

　そして絵画が消えていた。となると、考えられる可能性はひとつ。

　殺した犯人が、絵画の価値を知っており、それを盗んだのだ。

「有り得ない」と太宰は呆然《ぼうぜん》と云った。「その殺しの犯人が織田作で、彼が絵画を盗んだと云いたいのか？」

「他に有り得ないだろう」警官は痛みを押し殺した声で云った。「殺しの現場検証をした時、既《すで》に絵画は消えていた、と捜査記録にはある。勿論《もちろん》、殺される直前に自ら手放した可能性もなくはないが、売りにくい絵画だ、手放すとなれば買ったのと同じ画商を使うはずだ」

　太宰はどこでもない場所を凝視《ぎょうし》したまま、完全に静止した。

　体重を瓦礫《がれき》に預け、何も云わなかった。ただ沈思《ちんし》黙考《もっこう》していた。目を開けたまま何も見ず、呼吸すら忘れているように見えた。

「判った」

　長い時間を経て口を開いた太宰の声は、感情を全く欠いていた。先程までの嘲弄《ちょうろう》も、残酷《ざんこく》さも、肉食獣《にくしよくじゆう》のような微笑《びしよう》も、何もない。全くの空虚《くうきよ》。

そして拳銃《けんじゆう》を取り出した。

銃口が警官の頭部につきつけられる。

「まっ……待て！　何故だ！　全部話した、組織を裏切って全部話したんだ！　これ以上は本当に何もない！」

「君は人の話を何も聞かない人だ」太宰の声はもはや冷酷《れいこく》ですらない。そこには何も含《ふく》まれない。銃を握《にぎ》っている気配もなく、人間に話し掛けているという気配すらない。

「云った筈《はず》だ。〝君なんか死んでも私は何も感じないし、何も困らない〟と。それに──まだ云っていなかった事が、もうひとつある」

太宰の指が曲げられる。

「私は君達の組織が嫌《きら》いなんだ」

銃声。

♠　♥　♦　♣

云いようのない違和感《いわかん》に気がついて、私は目を開いた。

私がいるのは、捕虜《ほりよ》を監禁《かんきん》するための仮獄舎《ごくしや》だった。

元は空爆《くうばく》などから身を守るための掩蔽壕《バンカー》施設《せつ》にある、簡単な仮眠室《かみん》のような部屋だったのだろう。宿泊亭《ホテル》の一室程度の広さの部屋で、端《はし》には錆《さ》びたベッドの骨組みだけが固定されている。入口の扉《とびら》は溶接跡《ようせつあと》の生々しい鉄扉《てっぴ》に付け替《か》えられ、ドアノブにはボート係留用の太い鎖《くさり》と、巨大な錠前《じょうまえ》が吊《つ》り下げられている。

壁《かべ》に並んだフックに黒い配電線が幾つも巡《めぐ》らされ、奥の濁《にご》った檻《おり》電灯へと続いている。光源はそれだけだ。空調設備がないため、部屋の空気は濁っている。

その中央近くに、私は拘束《こうそく》されていた。照明がジジジと陰気《いんき》な音を立てている以外は、何の音もしない。陰鬱《いんうつ》な時間が、陰鬱な表情で私の前を通り過ぎていった。

やがて私は違和感に気がついた。静かすぎる。もう二時間近く、誰の跫音《あしおと》もしないし、誰の声も聞こえない。ここに来た当初にはあった、誰かの敵対的な気配も、懐柔《かいじゅう》的な気配も、もうずっと感じられない。

私は立ち上がり、出口の扉に耳をつけた。やはり誰の気配もない。

そこで私は否応《いやおう》なく、ある事実に気がつかされた。それで私は混乱した。これをどう解釈《かいしゃく》すればいいのだろう。

扉の錠前が外れている。

鎖をつつくと、じゃらじゃらと音をたてて鎖が落下した。それを扉につなぎ止めていた錠前も。ノブを回して押すと、鉄が抗議《こうぎ》するような軋《きし》みを立てて、ゆっくり開いた。

私はしばらく考えに耽《ふけ》った。扉が開いているからといって、部屋から出なくてはならない事にはならない。ここで待っている事もできる。しかしその場合、私は何を待っている事になるのか。自らが痛めつけられる次の機会か。あるいは私を誘拐《ゆうかい》し拘束した連中への、苦労をねぎらうスピーチの機会か。

結局私は、外に出る事にした。両手首に手錠《てじょう》がついたままだが、移動に支障はない。

地下掩蔽壕《バンカー》は長く、入り組んでいて、どこかの名も知らない地底生物の躰《からだ》の中みたいだった。

私は薄暗《うすぐら》い廊下《ろうか》を、手探《てさぐ》りで進んだ。ときどき黒い虫が、手の近くをさっと逃げていった。どこかで水滴《すいてき》が落ちる音が聞こえた。

壕《ごう》の中には、かすかな風が吹《ふ》いていた。風は冷たく、湿《しめ》っていて、誰かの呼気のような気の滅入《めい》る臭《にお》いがした。

迷うかとも思ったが、そんな事はなかった。目印を発見したからだ。

それは巨大な矢印で、分かれ道の床《ゆか》に乱雑に描かれていた。私は近づいてそれに手で触《ふ》れてみた。血だ。誰かが血で、見落としようのないほど大きな矢印を書いたのだ。血はまだ湿っている。それほど時間は経《た》っていない。

その先を見て、私は矢印の意味をすぐに理解した。誰かが倒《たお》れている。

駆《か》け寄りながら、おそらくその人物はもう生きてはいまい、と私は思った。

彼は横向きに倒れていた。近づく前から、両腕《りょううで》がずたずたに破壊《はかい》されているのが判った。皮膚《ひふ》が剝《は》がれ、肉が露出《ろしゅつ》している。肘《ひじ》から手にかけて、手の甲《こう》側と掌側の皮膚が、挟《はさ》み込むようにして裂《さ》かれている。だがそれ以外の、腕の側面側にはほとんど傷がない。一体どのような攻《こう》撃《げき》を加えれば、このような状態になるのだろうか。

両足には、靴《くつ》を貫通《かんつう》する巨大な穴があいていた。穴は靴裏まで届き、そこから今も弱々しく出血が続いていた。私ははっとした。

死体はほとんど血を流さない。出血するという事は、彼はまだ生きている。

私は彼を上向きに転がした。その顔には見覚えがあった。慥《たし》か、私の家を襲撃《しゅうげき》した警官の一人、若いほうの警官だ。それが倒れている。

「起きろ。誰《だれ》にやられた？」

私が頰《ほお》を叩《たた》くと、若い警官はうっすらと目を覚ました。

警官の顔は青ざめて血の気がなかったが、ぼんやりとした視線がやがて焦点《しょうてん》を結んだ。その視線が私を捉《とら》えた。見ているものの意味を彼の脳が受け止めるまで、さらに数秒かかった。

「やめろ！」

いきなり警官は私を突《つ》き飛ばし、転がるように後退した。短く速く呼吸しながら、自由にならない手足で必死に逃《に》げる。

「おい、待て」

「近づくな！　やめてくれ、お願いだ！」

「待て、落ち着け、傷つける気はない」私は近づいていって彼の肩《かた》を摑《つか》んだ。暴れて抵抗《ていこう》する腕を払《はら》い、相手の目を覗《のぞ》き込む。「誰にやられた？　ここはお前達のアジトの筈だろう。他《ほか》の仲間はどうした？」

そこで警官は、多少の理性を取り戻《もど》したようだった。目の焦点が徐々《じょじょ》に合っていき、周囲の状況《じょうきょう》を摑むべく素早《すばや》く左右に動いた。

「あいつは……あいつはどこだ？　あんたの仲間じゃないのか？」

「あいつ？」

私は警官の視線を追って、周囲に目を走らせた。だが誰もいない。

そこは広い備蓄室《びちく》だった。元は避難《ひなん》用の水や食糧《しょくりょう》を保管しておくための広大な空間だったのだろうが、今は何も備蓄されておらず、がらんと広い。人ひとりでは抱《かか》えられないほどの太さの柱が、まるで太古の無機質な兵隊のように、等間隔《とうかんかく》に並んでいる。

「あいつが……あいつが云《い》ったんだ。〝逃げ場はない〟と」警官は熱に浮《う》かされた譫言《うわごと》のように云った。「それにこうも云ってた。〝ここにいる全員を殺されたくなかったら、絵の在処《ありか》を教えろ〟と」

「全員？」

私は周囲を見た。他に人影《ひとかげ》はない。「他の連中はどこだ？」

警官は怯《おび》えたように首を振《ふ》った。そして部屋の奥を指さした。

私は立ち上がり、そちらを見た。ただの闇《やみ》だ。薄暗い突き当たりに廊下への入口があり、さらに濃《こ》い闇が廊下を呑《の》み込んでいる。

私はそちらに行った。何かの予感めいたものがあった。

廊下の奥へ進み、燐寸《マッチ》を擦《す》って闇を払った。床を凝視する前から、そこにあるのが何であるかは判《わか》っていた。

血だまりの中に溺《おぼ》れるように、男が突っ伏《ぷ》している。両手を力なく広げ、雲の上に寝《ね》そべっているようにゆったりと、血のプールに没《ぼっ》している。その奥に、もう一人。こちらは躰をくの字に折り曲げ、両手を抱え込むようにして倒れている。その奥の闇からも、さらに血の臭いがする。

ある直感がはたらいた。

この地下アジトにいる人間は全員、倒されているのではないか？

私は手近な一人に近づいて脈を取った。出血量を見る限りとてもそうは見えなかったが、彼は死んではいなかった。かすかに息がある。私は彼の躰を観察した。全身の肉が、鋭利《えいり》な刃物《はもの》で何十箇所《かしょ》も切りつけられていた。ただし、血管に対して垂直になるように。この切り方なら出血は比較《ひかく》的早く減少する。それも動脈を避《さ》けるように、慎重《しんちょう》に出血部位が選択《せんたく》されている。

それは優《すぐ》れた画家による絵画を思わせた。命を失わないよう、周到《しゅうとう》に計算されて痛めつけられている。彼は生きているのではなく、生かされているのだ。一流の仕事だ。私とは違《ちが》った種類の技術を持つ、薄暗い世界の職人の技《わざ》だ。

彼等も暴力や襲撃への備えは当然してあった筈だ。それをこうも容易《たやす》く食い散らかし、あまつさえ死なないよう調整して拷問《ごうもん》を加えるとは、これをやった人間は一体何者なのか。そしてその目的は何か。

先程《さきほど》の警官は、〝絵の在処を吐《は》かないと全員殺す〟と脅《おど》されていた。つまり彼を脅した拷問《ごうもん》吏《り》の目的は、私の知る〝絵〟の情報だ。となるとそいつは、私に敵対する相手だ。

急に自分が、下着姿で極寒《ごっかん》の山嶺《さんれい》で道を失った人間になった気がした。身を守るものもなく、逃げ帰るべき道も判らない。白い闇の向こうでは、得体の知れない怪物《かいぶつ》が、こちらの皮膚をずたずたに引き裂こうと待ち構えている。

私は急ぎ足で戻った。意識のある警官に道を聞きながら、共にここを脱出《だっしゅつ》する。そうすれば、私を標的とする拷問吏は、ここにいる瀕死《ひんし》の人間達を見逃《みのが》してここを去るかもしれない。

だが、警官のところに戻りきらないうちに、隧道《すいどう》全体が揺《ゆ》れた。

衝撃《しょうげき》、轟音《ごうおん》。私はまっすぐ立っていられず、壁《かべ》に手をついた。見える限りのコンクリ材が鳴動し、破片《はへん》がぱらぱらと落ちる。

「始まっ、た」と声がした。最初に逢《あ》った年若い警官だ。私はそちらに向かった。

警官は震《ふる》えていた。その目は、この世の終わりが来たと確信しているかのようだった。私は彼を助け起こした。彼は熱に浮かされた病人のように、どこも見ずに早口でまくし立てた。

「連中が来る、連中が来る。僕達は残らず殺される。あいつは恐怖《きょうふ》を使役《しえき》する。想像力を使役する。誰も自分の想像力には勝てない。あいつは出口を包囲して、僕達みんな焼き殺す気だ」

「おい、しっかりしろ。あいつって誰だ。これから何が起こるんだ」

警官は私を見た。それはこちらにまで伝染《でんせん》しそうなほど、深奥《しんおう》からこちらへ膨張《ぼうちょう》してくる青白い恐怖の光。

「あいつはポートマフィアだ」

ポートマフィア。

その言葉の意味を知らないほど、私は世間知らずではない。

彼等は、この街の暗い場所に吹く夜風のようなものだ。闇の中をどこまでも追ってきて、その牙《きば》で喉笛《のどぶえ》を引き裂く。命ある者は決して抗《あらが》えぬ死の使徒達。それがここに来ている。

また爆撃音。広間が痙攣《けいれん》する巨大《きょだい》生物の内臓のように震え、壁面《へきめん》に細い亀裂《きれつ》が走る。どうやら想像以上に時間は残されていないらしい。

「つまりこういう事か」私は警官に向かって云った。「間もなくここは包囲され、ポートマフィアに皆殺《みなごろ》しにされる。だが私が絵の在処を吐けば、全員助かる」

「そ、うだと思う」警官は青白い顔で云った。「あいつは誰かの命を奪《うば》いたい訳じゃない。あいつにとって、僕達の命は、そのへんの雑草より価値がない。――頼《たの》む、助けてくれ。もう組織は抜《ぬ》ける、幾《いく》ら犯罪で儲《もう》けても、あんな怪物がいるような世界に、これ以上いたくない。だから助けてくれ、僕はまだ、死にたくない」

私はその年若い警官を見た。その青年は心底怯えていた。恐怖が彼の人格を覆《おお》い隠《かく》し、成熟した人間を、ただ震えるだけの生命体へと変転させていた。

その瞳《ひとみ》の光の先に、私はその男を見た。恐怖を使役する者。ポートマフィアの悪魔《あくま》。恐怖を糸にして年若い警官を操り、私に話し掛《か》けている。

絵をよこせ。

「断る」と私は口にしていた。「第一に、暴力で他人を従わせようとするそいつのやり口が気にくわない。第二に、その絵は私のものではない。別のある人物のものだ。命の売買代金に、俺が勝手に使っていい代物《しろもの》ではない。第三に、あの絵にはもうそれほどの価値はない。五億どころか、五万にもならないだろう。たとえ絵を差し出したとしても、連中が我々を放免《ほうめん》するとは思えない」

「だが！　絵を渡《わた》さないと今皆殺しに――」

「第四に」と私は警官の台詞《せりふ》を遮《さえぎ》って云った。「この状況下であっても、俺は殺されない。何故《なぜ》なら俺だけが絵の在処を知っているからだ。ポートマフィアはここを包囲し、中にいる人間を皆殺しにするかもしれない。だが俺だけは生かしておかなくてはならない。俺の頭の中にしか情報がないからだ。しかし今もし絵の在処をお前に話せば、秘密を知る人間が俺だけではなくなり、俺の命の価値が逓減《ていげん》する。そうなればマフィアが俺を生かしておくかどうかは運次第《しだい》になる」

「な……何を云っているんだ！」男の声は絶叫《ぜっきょう》に近かった。「それなら、僕は？　僕達はどうなるんだ！」

「お前達は犯罪者だ」と私は抑揚《よくよう》を抑《おさ》えた声で云った。「より邪悪《じゃあく》な犯罪組織に丸呑《まるの》みにされたとしても、それは自然の摂理《せつり》だ」

「貴様ぁ……！」

警官は倒《たお》れたまま、隠していた拳銃《けんじゅう》を素早く取り出した。そして私に向けた。

私は一歩下がり、銃を観察した。黒い9粍《ミリ》自動拳銃。銃口はしっかりと私に向けて据《す》えられている。自動拳銃のため撃鉄を起こす必要はない。怪我《けが》をした両腕《りょううで》でも、一発なら問題なく撃《う》てるだろう。

「俺の話を聞いていなかったのか」私は両手を挙げながら云った。「俺が死ねば情報は失われる。だから銃で脅しても何の意味もない」

「ああ、そうだとも。だからあんたはそんなに、上の立場からものを云える」若い警官の目には、取り憑《つ》かれたような狂奔《きょうほん》の色があった。「自分だけが安全地帯にいると思ってる。それが気に入らない。それに較《くら》べて僕は？　僕は間違いなく死ぬ。あんたが何を喋《しゃべ》ろうと、喋るまいとなǂ それならここであんたを撃って、少しは気分を晴れやかにして死ぬ。どうだ、これでもまだ上からものが云えるか？」

私は黙《だま》って男を見下ろした。その必死さ、生きたいと願う人間の絶叫と懇願《こんがん》を見下ろした。彼は本当に私を撃つだろう。間違いなく。それは待っていれば必ず夜明けがくるのと同様、絶対に慥《たし》かな事だった。

「そうか」と自分が云う声を、私は聞いた。「そこまで考えているなら、教えるしかないな。知ったところで、何かが変わるとは思えないが。——あの絵の持ち主である富豪《ふごう》は七年前、俺が殺した。俺の最後の仕事だ」

そして私は語りはじめた。

私がその富豪を殺したのは、ただ任務だったからだ。殺す理由も、相手がどんな人間かも知らなかった。ただ相手の頭めがけて引き金《トリガー》を引いた。それだけだ。

殺しの依頼《いらい》人の目的はその〝絵〟だったらしい。私はずっと後になってそれを知った。私の任務は富豪を殺す事だけ。運び出しや後の始末は、私の知らない別の専門家《プロ》の仕事だった。彼等は彼等の仕事をした。

私は私の仕事をした。そして任務が終わった帰り、何気なく目にとめた、机の上の小説本を持って富豪の家を出た。

いつだって、最初のきっかけは些細《ささい》な事なのだ。

その小説がきっかけで、色々な事が持ち上がり、最終的に私は殺しをやめた。それ以降、私は一人も殺していない。

二年ほど経《た》ったある日、私はふと、その小説本を返却《へんきゃく》しに行こうと思いついた。大した理由があった訳ではない。道義心からでも、罪悪感からでもない。単にそうしたほうが、自分がその小説とまともに向き合えるかもしれない、と思ったからだ。本は既《すで》に自分で購《あがな》ったものが手元にあった。

かつて富豪が所有していた邸宅《ていたく》には、息子《むすこ》が一人で住んでいた。十五歳。後に聞いたところでは、彼は本当の息子ではなく、黒社会の抗争《こうそう》で親を亡《な》くした子供を、富豪が引き取ったらしい。孤児《こじ》だ。

その時の私はどうかしていたのだろう。その息子に逢おうと思ったのだ。こっそり家に忍《しの》び込み、本だけを置いて帰る、そうすればよかったし、私にとっては指を曲げるくらい簡単な事だった。だがともかく、私はその息子の前に立ち、名乗り出た。私が君の父親を殺した犯人だ、と。

どのくらい息子が怒《いか》り狂《くる》ったか、あえて描写《びょうしゃ》するまでもないだろう。彼の怒りは正当なものだった。黒社会に二度も家族を殺されたのだ。彼は私に殴《なぐ》りかかり、そこらのものを投げ、あらん限りの罵詈《ばり》雑言《ぞうごん》を叩《たた》きつけた。攻撃はすべて容易く避《よ》けられたが、罵倒《ばとう》だけは回避《かいひ》のしようがなかった。

彼が暴れ疲《つか》れてへたり込んだ頃《ころ》、私は殺しの事情を説明した。すると彼は、対価を要求した。父の命の対価、そして無断で持ち出された本の貸出料金《レンタル》として。

その絵画を取り戻《もど》せ、と。

引き受けねばならない理由などなかった。第一、絵が今どこにあるのかも判《わか》らない。きっと遠い海の向こうで、別の似たような富豪に買い取られているのだろう。一応調べる伝手《つて》に心当たりがないでもなかったが、それは長ったらしく面倒《めんどう》で、しかも利益のない労働を意味していた。

本の事がなかったら、引き受けていなかっただろうと思う。

結論から云《い》って、私の予想は中《あた》っていた。それは長ったらしく面倒で、しかも利益のない労働だった。付け加えて云えば、それは危険な労働だった。百五十人近い武装兵士が護《まも》る民間軍事会社《PMC》に乗り込み、銃撃《じゅうげき》の雨の中、誰《だれ》も殺さずに絵画を運び出さなくてはならなかったからだ。二度やれと云われても、絶対にお断りだ。私の人生における大抵《たいてい》の面倒事は、私が自分で招き寄せる。

私が持ち帰った絵を前にして、富豪の息子はただ黙ってそれを見ていた。三十分ほどして、彼はぽつりぽつりと語った。絵を取り戻したかった理由。その絵は『賭《か》けの対象』だったのだと。

彼の父は、息子に自分を超《こ》えた商売人になる事を望んでいた。そして十八歳になるまでに一千万稼《かせ》いだら、その絵画を譲渡《じょうと》しようと約束していた。

莫迦《ばか》な親だ、と彼は云った。そもそもが違法《いほう》な手段で手に入れた、汚《けが》れた絵画なのだ。そんなものを手に入れたいからと、息子が必死で努力すると思っていたのだろうか。

だが彼は努力した。彼は一千万のうち、その八割近くを既に自力で稼いだ。

彼は云った。絵が欲しいから努力したのではない、と。

約束の十八歳まで、あと一年。

それまでこの絵を預かってくれないかと、その青年は私に頼んだ。

絵には仕掛《しか》けがしてあった。紫外線《ブラックライト》を照射すると見える特殊《とくしゅ》な塗料《とりょう》で、絵画の四分の一を占《し》める程度の広さで、こう書かれていた。

『お前は我が誇《ほこ》り』。

これを見れば、世界中の美術愛好家達は怒りのあまり卒倒《そっとう》するだろう。こんな落書きをしてしまえば、五億の価値も吹《ふ》き飛んでしまう。死んだ後まで迷惑千万《めいわくせんばん》な男だ。だがおそらく、それが迷惑だからこそ富豪はそうしたのだろう。絵画の価値をゼロにしても構わない、それだけの価値がお前にあるのだから、と云いたかったのだろう。あるいはそのためにこそ、違法な手段で絵画をわざわざ買い付けたのかもしれない。勿論《もちろん》、本当のところは今となっては判らない。

父親は、私が殺してしまったのだから。

頼《たの》まれた通り、絵画は私が保管している。保管箱に入れ、暗くて涼《すず》しく風の通る場所に仕舞《しま》ってある。

私の家の床下《ゆかした》、ベッドがある場所の足下《あしもと》に。

もはや美術的価値のない絵画だ。大事に保管していてもあまり意味はない。だがその青年にとっては価値がある。父親を殺された息子には。その絵画は父親の形見であり、父親の遺言《ゆいごん》であり、ある意味では父親そのものだった。

今も私は絵画を護っている。

罪滅《つみほろ》ぼしのためではない。私はそんな殊勝《しゅしょう》な人間ではない。ただ、色々な物事の積み重なりがあって、そうしようと決めただけだ。

「そして一度決めた事は、誰に頼まれても変える気はない」と私は警官に向かって歩きながら云った。「納得《なっとく》して貰《もら》えたかな、包帯の君？」

「何？」

警官が反応するより早く、私は彼の手から拳銃を素早《すばや》く毟《むし》り取った。両腕を怪我し立ち上がれない警官に、奪《うば》い返す力はもう残されていなかった。私はその拳銃に顔を近づけ、云った。

「こいつは拳銃じゃない」と私は云った。「盗聴器《とうちょうき》だ。そこで聞いているんだろう？　この展《てん》開《かい》を見越《みこ》して、俺が絵の在処《ありか》を喋るような状況《じょうきょう》を作り上げ、この拳銃で盗聴しようとした」

「その銃が……盗聴器？」警官が呆然《ぼうぜん》と云った。聞かされていなかったのだ。

「最初に妙《みょう》だと思ったのは、これが自動拳銃だった事だ」私は拳銃を観察しながら云った。

「私の家に押し入った時、彼が持っていたのは市警が使う回転式拳銃《けんじゅう》だった。種類が違《ちが》う。おそらくこの自動拳銃は、お前が警官を脅《おど》すために使ったものではないか？　それともうひとつ、基本的に脅迫《きょうはく》というのは、脅迫者本人が俺に接触《せっしょく》しなくてはならない。なのにここにいるのは怪我人ばかりだ。だからこう想像した──お前はこの場に現れずに絵の在処を聞く為《ため》、警官が俺を脅すような状況を作り出した。となるとどこかに盗聴器がある筈《はず》だ」

当然の事ながら、拳銃は返事をしない。冷たく、重く、ただ静かに存在している。だが銃はそこにあるだけで、独自の存在感を周囲に放射する。私は拳銃に向けて話し続けた。

「装弾《そうだん》はされている。が、おそらく空包だろう」私は銃を天井《てんじょう》に向けて一発撃った。射撃音が響《ひび》き、閃光《せんこう》が闇《やみ》を切り取ったが、それだけだった。天井に弾痕《だんこん》はない。「大した手際《てぎわ》だ。ここまで計算して、俺の家の前に倒《たお》れたのか？　だとしたら見事だ。さあ、絵については全部話した。約束通り、包囲を解いて貰おう。でなければ全員で乗り込んで、ここで楽しい殺し合いをするか。俺はどちらでもいい」

云いながら、私は拳銃を子細に点検していた。元とはいえ商売道具だ。重さの釣合《バランス》は、自分の指のように頭に入っている。ほんのわずかに銃把《じゅうは》が重い。リリースボタンを押し、弾倉を手の中に落とす。銃把螺子《グリップスクリュー》に近い部位、弾倉側面の材質であるポリマーが削《けず》られ、そこに黒い長方形の部品が埋《う》め込まれている。盗聴器だ。

私は弾倉をマイクのように掲《かか》げて、その盗聴器に向けて云った。「十秒以内に三発爆破《ばくは》音を鳴らして、そのあとすぐに消えるんだ。それがなければ、交渉決裂《こうしょうけつれつ》と見做《みな》してこっちから迎《むか》えに行く」

私は盗聴器を放《ほう》り捨て、頭の中で十数えた。八と九の間あたりで、連続した衝撃《しょうげき》が地下を揺《ゆ》さぶった。きっかり三回。遠雷《えんらい》のようなその爆撃音の後、ふっと途切《とぎ》れたように音が止《や》んだ。後には静寂《せいじゃく》だけが残された。耳が痛くなるほどの静寂が。

「以上だ」私は息をついて歩き出した。「外に出たら警察を呼ぶ。本物の警察をな。全員逮捕《たいほ》はされるだろうが、少なくとも手当はして貰えるだろう。マフィアと違って」

「ま……待て」警官が硬《かた》い声で云った。「あんた……何故《なぜ》だ？　あんた一人なら助かると、自分で云っていたろう。それに僕が脅した銃も、使えないと知っていた。あんた……もしかして、僕を、僕達を助けたのか？　何故？」

それに対する答えは簡単だった。だが答える気はなかった。答えたところで何になるだろう。

私は空っぽだった。疲れて、傷を負い、人に裏切られ、人を裏切っていた。

「喉《のど》が渇《かわ》いた」私はぽつりと云った。「俺は帰るよ」

相手が何かを云ったが、私はそれを聞かず、ただ歩いてその場を立ち去った。

瓦斯燈《ガスとう》の灯《あか》りが、改札を抜《ぬ》ける人々の横顔を照らしていた。

数えるほどしかない都会の青い星々が、膜《まく》のような夜空に散っている。

駅の周囲には、夜空と夜景、そして家路を歩く寡黙《かもく》な人々の群れ。そこには爆発《ばくはつ》も、銃撃も、命を巡《めぐ》る駆《か》け引きもない。機械的に始まり機械的に終わる日常の終幕、その淡々《たんたん》とした光景だった。

♠

♥

♦

♣

太宰治《おさむ》と織田作之助は、その同じ駅にいた。別々の場所に。

織田はくたびれ果て、痛む背中を庇《かば》いながら、駅を離《はな》れる群衆の一部となって歩いていた。

太宰は駅前の街灯から外れた暗がりで、織田の姿を、闇夜《やみよ》と一体となって眺《なが》めていた。

織田は駅のホームを歩き、改札を出て、夜の街へと踏《ふ》み出した。地下掩蔽壕《バンカー》から抜け出した後、織田は山を越《こ》えて近くの集落まで歩き、そこで農家と交渉して農業車に同乗した。それからバスと列車を乗り継《つ》いで、自分の最寄《もよ》り駅まで帰ってきた。着いた時には、すっかり暗くなっていた。

織田は自分の肩《かた》を揉《も》んだり、首を鳴らしたりしながら、疲弊《ひへい》した顔で歩いた。服は泥《どろ》だらけ皺《しわ》だらけだったので、すれ違う人々はときどき妙な異物を見る目で織田を見た。だが声をかける者はいなかった。都会でそんな事をする者はいない。

織田は駅の改札を抜けて街灯の下を歩きながら、煙草《たばこ》を取り出して口にくわえた。それから上着を探《さぐ》るような動作をした。火を探しているのだろう。

「どうぞ」

不意に背後から声がして、織田は振《ふ》り返った。目の前に、燐寸《マッチ》の火があった。それを握《にぎ》る手も。

織田は一瞬《いっしゅん》きょとんとしたが、すぐにくわえた煙草を火に重ねた。目を閉じて煙《けむり》を吸い込み、闇夜に吐《は》き出してから、相手を見る。

「どうも。貴方《あなた》、凄《すご》い格好ですね。大丈夫《だいじょうぶ》ですか？」

太宰だった。

闇夜に半ば溶《と》け込んだ太宰は、あるかなきかの笑《え》みを浮《う》かべ、静かに立っている。

「……何でもない」織田はそう云《い》って、煙越しに相手を見た。「ちょっと転んだ」

「この燐寸《マッチ》、貴方のものでしょう？　改札のところで落としたの見ました」

織田は太宰が持つ燐寸《マッチ》箱を見た。側面が黒、上面が白の燐寸《マッチ》箱で、上面にバーの刻印が入っている。慥《たし》かに、織田が普段《ふだん》持ち歩いているものだ。

「ああ」織田は燐寸《マッチ》箱を見ながら云った。

それから相手を観察して、数秒黙《だま》り、無表情で訊《たず》ねた。

「俺はあんたとどこかで逢《あ》っているか？」

太宰は無個性的な笑みを浮かべた。「いえ、初めてでしょう」

ずっと顔全体を覆《おお》い隠《かく》していた太宰の包帯が、今はもうない。目深《まぶか》に被《かぶ》った鳥打帽《ハンチング》が頭部と目を隠し、黒いインバネスコートが体型と躰《からだ》の傷を隠している。声については、織田は太宰の話し声を聞いた事が一度もない。

「そうか」と織田は云って、燐寸箱《マッチ》を受け取り、太宰に背を向けた。「燐寸《マッチ》、ありがとう。では、おやすみ」

織田が数歩歩いたところで、その背中に太宰が声を掛《か》けた。

「かなりの厄介事《やっかい》に巻き込まれたようですね」

織田は立ち止まり、ゆっくり振り向いた。「何？」

「いえ、お疲《つか》れのご様子でしたので。ひどい顔色ですよ。……それに、手と服のそれ、暗くてよく見えませんが、泥だけでなく、血もついてますよね？」

織田は自分の両手を見た。慥かに、倒れた警官を助け起こした時についた血が、まだ手首や裾《すそ》に残っている。

「ああ、事情があってな」織田は自分の手の匂《にお》いを確かめながら云った。「俺の血ではない。だが慥かに、厄介事に巻き込まれた。大事なものも奪われた。ずっと護《まも》ってきたものだったんだが」

「奪われたのなら」太宰は力なく微笑《ほほえ》んだ。「少なくとも、もう奪われないように心を砕《くだ》かなくて済む」

織田はしばらく相手を見た。そこに何かの答えを探すように。

「そうかもしれない」と織田は云った。「奪った奴《やつ》は許せないがな」

太宰はゆっくり深く頷《うなず》いた。表情を隠すように。

織田は相手の表情をしばらく観察していたが、やがて背を向けた。「燐寸《マッチ》、助かった。それでは」

歩き出す背中に向けて、太宰は早口で云った。「もし今後困った事があったら」

織田は振り向いた。「何？」

「横浜の、武装探偵社《ぶそうたんていしゃ》を頼《たよ》るといいでしょう。あそこなら厄介事の解決も請《う》け負っている筈です。まず間違いのない仕事をする場所です。私も昔、世話になった事がある」

「そうなのか」織田は少し考えるような間をおいてから云った。「ならそうしよう。親切にどうも。あんたはいい人だな」

太宰の表情が歪《ゆが》んだ。

呼吸ができなくなったように、口を開き、また閉じる。

もし今すべてを話せば、何もかも元通りになるだろう。二人は揃《そろ》ってバーに行き、乾杯《かんぱい》をするだろう。あの夜のように。

太宰が思わずその名前を口にしそうになった時、電車が通過した。

構内通過の特急列車が夜の静寂を切り裂《さ》き、太宰達のすぐ隣《となり》を駆け抜けた。闇と光が交互《こうご》に路上を叩《たた》き、鉄の轟音《ごうおん》が周囲の静寂を吹《ふ》き飛ばす。織田は目を細めた。

列車は長く、その音は引き延ばされた悲しみを連想させた。太宰は誰《だれ》にも見えないようにうつむき、悲しみに顔を歪めた。長い轟音は、これから先六年という長い時間の無情を約束しているかのようだった。

列車が通り過ぎた。

織田は相手の台詞《せりふ》を聞き直そうと、周囲を見た。

そこにはもう誰もいなかった。

織田は戸惑《とまど》ったように目をしばたたかせ、あたりを見回した。

それから頭の中の考えを打ち消すように首を振り、諦《あきら》めた風な表情で立ち去った。

誰もいなくなった空間を、冷たく静かな夜の風だけが、空虚《くうきょ》を埋《う》めるように通り過ぎた。

誰も、何も云わなかった。

「織田さ——」

絵画はポートマフィアが一年保管し、その後持ち主である、富豪《ふごう》の息子《むすこ》に返却《へんきゃく》された。

息子は数年それを所蔵した後、さる美術館に匿名《とくめい》で寄付をした。

そのようにして、太宰は目的を達成した。織田に接触《せっしょく》せず、顔を覚えられず、織田から絵の在処《ありか》を聞き出す事。そうする事で、織田が二度と犯罪組織に狙《ねら》われないようにする事。それが太宰の目標だった。

もうひとつ目標があった。

ポートマフィアを、織田が嫌悪《けんお》するよう仕向ける事。そうすれば彼はポートマフィアに加入せず、いずれ来る死を回避《かいひ》できる。

その目標は達せられた。織田はポートマフィアではなく武装探偵社と関《かか》わり、その二年後、探偵社に籍《せき》を置く事になる。

そして、それから更《さら》に二年後、織田は、もう一度だけ太宰と対面する。

バーのカウンターで、悲しい旋律《せんりつ》の別れの曲と共に。

そこで織田は太宰に銃《じゅう》を向け、太宰は最後のさよならを云う。

人生で最後のさよならを。

〈太宰を拾った日　Ｓｉｄｅ－Ｂｅａｓｔ〉完

あとがき

ご無沙汰《ぶさた》しております。朝霧《あさぎり》カフカです。

文豪《ぶんごう》ストレイドッグス、お楽しみいただけているでしょうか。

今回の「太宰を拾った日」は、映画「文豪ストレイドッグス BEAST」（以下、映画「BEAST」）における、公開第一週入場者特典である「太宰を拾った日 Side-A」、第二週入場者特典である「太宰を拾った日 Side-B」を一冊にまとめたものです。

入場者特典をこのような形で刊行するのは本来はなかなか難しいそうですが、かつて刊行されたビーンズ文庫版「BEAST」「太宰、中也、十五歳」も元は特典小説であったこと、その流れから今回の「太宰を拾った日」も、文豪ストレイドッグスシリーズの作品理念から関係各所に尽力《じんりょく》いただき、刊行の運びとなりました。

内容は、太宰と織田作の出会いの物語――死にたがりの太宰が、マフィアでも殺し屋でもない織田作のもとに転がり込んでくる物語です。

どうしてSide-AとSide-Bの二種類の物語があるのか？　それは小説本文をご確認ください。これが映画「BEAST」の特典であることを念頭におくと、内容がより理解しやすくなると思います。

少しだけ思い出話を。

この物語を書くことを提案してくださったのは、実はアニメ・文豪ストレイドッグスの五十嵐《いがらし》卓哉《たくや》監督《かんとく》なのです。

映画「BEAST」公開の少し前、私は悩《なや》んでいました。またも劇場入場者特典の小説執筆《しっぴつ》を依頼《いらい》されたからです。またも、というのは——先ほど書いた通り——そもそも「BEAST」自体が、かつて公開された映画「文豪ストレイドッグス DEAD APPLE」の入場者特典小説であるからです。あの時はえらい大変な思いをして執筆した……なにしろ依頼50ページに対して190ページという大暴走をかましてしまったから……。

しかし、前回の大暴走を経て私は学んでいました。決して書きたいものを好きに書いていてはならない。きちんとしたサイズの、プロらしい物語を執筆せねばならない。

プロらしい、適切な物語。

はて？

そこで私の筆はぴたりと止まってしまいました。私は立ち止まり、周囲を見回し、途方《とほう》に暮れました。

適切な物語とは何だろう？

小説を書く行為《こうい》というのは、それ以外の媒体《ばいたい》——漫画《まんが》原作やアニメ脚本《きゃくほん》やゲームシナリオを書く作業とは、かなり性質が異なっています。ほとんど別物と言ってもいいでしょう。小説執筆は、出来事を語っていく作業というより、感情の流れを具体的な文章にしていく作業です。文字の連なりでリズムをつくり、流れをつくり、感情をつくっていく。どちらかというと、作話というより作曲に近い作業かもしれません。

だから、まず何より最初に「どんな感情がこの小説に乗るのか」を決めなくては、絶対に書けません。それが唯一《ゆいいつ》絶対のルールです。

さて、しかし、そこで「適切な物語」という条件が、私にのしかかってきたのです。適切な分量の、特典として適切な内容の、適切な小説。

つまり――適切な感情。

私は頭の中の引き出しを探ってみました。描《えが》き出されるのを待っている、適切な感情。

そこには空虚《くうきょ》があるばかりでした。

物語を作るプロとは、読者の感情を動かす技術を持った人のことです。人は、自分の感情を動かせるチャンスを見つけたら、喜んでお金を払《はら》います。人間とはそういう生き物です。ですので作家は、怖《こわ》い、ワクワクする、キュンキュンする、考えさせられる――あらゆる感情を製造して売ります。そういう仕事なのです。

そういう仕事だったはずなのです。

なのに、私は前に進めなくなってしまいました。

感情が動くのが良い物語。それは分かっています。それでは、どのような感情を乗せれば適切な物語になるのだろう？

その感情は、どう探せばいい？

ていうか、今までどうやって小説書いてたんだっけ？

私は立ち尽くしました。足が固まり、膝《ひざ》が動かず、一歩も進めなくなってしまいました。

せめて前に進んでいるフリだけでもしようと、音楽を聴《き》きながら、夜の近所を歩いてみたりもしました。しかし夜風が気持ちいいばかりで、書くべき物語にはいっこうに到達《とうたつ》しませんでした。

もし、このままどこにも到達しなかったらどうしよう？

ひやりとしたものを背中に突《つ》っ込《こ》まれたような気がしました。

そして気づいたのです。物語とは、あるいは感情とは、適切なものをこちらから探し、ひねり出すものではないのだと。

あっちからやってきてくれるのを、辛抱強《しんぼうづよ》く待つしかないのです。謙虚《けんきょ》に、真摯《しんし》に、物語の来訪を、正座して待ち続けるしかないのです。

それが分かったところで、しかし「50ページの適切な物語」は、なかなか訪れて来てはくれませんでした。

やがて一週間が過ぎ、二週間が過ぎました。

私は物語の来訪を、心のドアを開けて待ちながら、そのほかの仕事をこなしていました。

そんな時、リモートでアニメスタッフの皆さんとの打ち合わせがありました。そのとき、五十嵐監督になにげなく尋《たず》ねてみたのです。「なんか見たい話とかありますか」と。

監督は少し考えてから答えました。「太宰と織田作の出会いの話が見たいですね」と。

その瞬間《しゅんかん》、ばーんと、ドアから物語が突っ込んできました。その音がはっきり聞き取れました。

ふたつの物語。織田作と、ふたりの太宰。出会いの物語と、出会えなかった物語。獲得《かくとく》の物語と、喪失《そうしつ》の物語。もし獲得と喪失を隣《とな》り合《あ》わせで描くことができれば、その心の振幅《しんぷく》は二倍になってわれわれの前に立ちあがってくるだろう。

そこからは一瞬《いっしゅん》のできごとでした。突き進《すす》んだ――というより、何かに手を引っ張られてぐいぐい進まされているような感覚でした。そして気づけば、物語は完成していました。

私は思い知りました。

作家が物語を探し出すのではありません。物語のほうが作家を選んで、あるタイミングでこちらに乗り込んでくるのです。プロの作家とは、その呼びかけをキャッチする力を持っているにすぎないのです。

そして、これが一番大事なことですが――「適切な」感情というものは、どこにも存在しないのです。他人の感情は、結局のところ、他人のものなのですから。だから、小説が他者の心を適切に動かせる保証なんてない。でも、自分の感情を動かすことはできる。どのような小説が、どのように自分を揺《ゆ》り動《うご》かすのかは、ちゃんと分かる。であれば、それを書けばいい。そうするしかない。それが真の意味での、プロ的な態度なのだろう。そう思いました。

さて。

少し話はそれますが、「話が乗り込んでくる」といえば――織田作の一人称《いちにんしょう》語りについて。

織田作は特殊《とくしゅ》なキャラクターです。漫画《まんが》本編で彼を描くことはなく、私にとってはもっぱら小説の中に登場するキャラクターです。彼が語り部として登場するのは、初登場の「太宰治と黒の時代」、「BEAST」、そしてこの「太宰を拾った日」。すべて小説です。なので私の中では、織田作は絵ではなく、一人称語りの文章の中に住んでいます。

彼はかなり偏屈《へんくつ》な男で、場所を用意して「さあ語れ」といっても、簡単には語り出してくれません。彼の考え方はかなり独特で、他キャラクターの一人称を書いたあとで彼の語りを書こうとすると、まず確実につまずきます。織田作は語らず、ただ黙《だま》って座っているだけで、私はまっしろな原稿用紙《げんこうようし》を前に、ただ「どうした？」「ほらほら」と声をかけることしかできません。しかし彼は、必要のないときは何も語らない男なのです。ある場合には、何日、何週間も黙ったまま出てこないこともあります。なぜこんなキャラクターが私の元に来たのだろう……。

そんな時に私にできることはただひとつ。それはもちろん、彼に付き合って辛抱強く座り、ただ待つことです。

やがて彼は語りはじめます。独特のリズムで、一言ずつ。そして彼の言葉には、ある種の角度で世界を切り取っていく力があります。その特別な断面図は、ちょっと見たことがない角度のものばかりで、いつも私を驚《おどろ》かせます。

そして物語を語り終えると、彼はすっと去っていきます。どこか暗くて静かな場所に——おそらく、想像でしかないですが、バーのような場所に。そして静かに座り、自分の時間を自分で独《ひと》り占《じ》めするのです。そして次に呼び出すのがまた大変になる。こちらとしては骨の折れる男ですが、結局のところ、それが織田作という男であり、自意識過剰《かじょう》ぎみに言わせてもらえれば、織田作という男の魅力《みりょく》なのです。

そのような風に、この物語は執筆されました。また彼が戻《もど》ってくることも、あるいはあるかもしれません。その時はまた彼の声に、辛抱強く耳《みみ》を傾《かたむ》けようと思います。

この物語を執筆し、また文庫化するにあたり、さまざまな方にお力を賜《たまわ》りました。映画「文《ぶん》豪《ごう》ストレイドッグス　BEAST」製作委員会の皆様《みなさま》、アニメスタッフの皆様。そしてヤングエース編集部、ビーンズ文庫編集部、書籍《しょせき》の刊行にたずさわっていただいたたくさんの皆様。本当にありがとうございました。おかげで今回もつつがなく本を刊行することができました。

それでは、次の物語で。

朝霧カフカでした。

Special Thanks

映画「文豪ストレイドッグス　BEAST」製作委員会

本書は二〇二二年公開の実写映画「文豪ストレイドッグス　BEAST」公開第一週入場者特典「太宰を拾った日　Side-A」および公開第二週入場者特典「太宰を拾った日　Side-B」を加筆修正したものです。

BEANS BUNKO

「文豪ストレイドッグス 太宰を拾った日」の感想をお寄せください。
おたよりのあて先
〒102-8177 東京都千代田区富士見2-13-3
株式会社KADOKAWA 角川ビーンズ文庫編集部気付
「朝霧カフカ」先生・「春河35」先生
また、編集部へのご意見ご希望は、同じ住所で「ビーンズ文庫編集部」
までお寄せください。

文豪《ぶんごう》ストレイドッグス 太宰《だざい》を拾《ひろ》った日《ひ》

朝霧《あさぎり》カフカ

角川ビーンズ文庫 23976

令和6年1月1日 初版発行
令和6年8月30日 7版発行

発行者――山下直久
発 行――株式会社KADOKAWA
〒102-8177 東京都千代田区富士見2-13-3
電話 0570-002-301(ナビダイヤル)
印刷所――株式会社KADOKAWA
製本所――株式会社KADOKAWA
装幀者――micro fish

ISBN978-4-04-114491-6 C0193 定価はカバーに表示してあります。
◆◇◇

文豪ストレイドッグス BEAST

朝霧カフカ
イラスト＝春河35

もし“ポートマフィアの禍狗”芥川龍之介が
武装探偵社に入社していたら？
もし“月下獣”を宿す中島敦が
ポートマフィアに所属していたら？
劇場版公開時に話題を呼んだ
特典小冊子に加筆修正した完全版が登場！

角川ビーンズ文庫

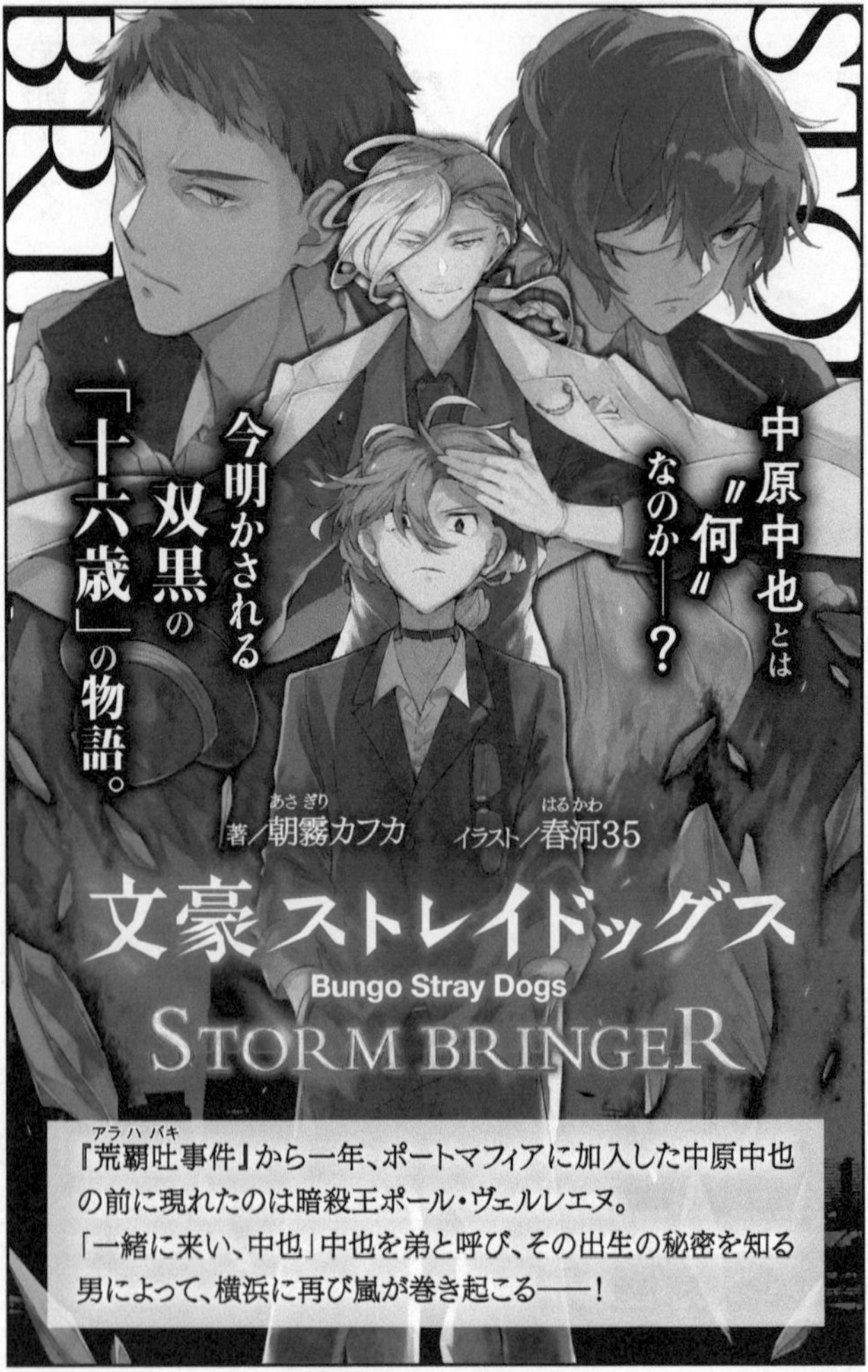
中原中也とは〝何〟なのか——？
今明かされる双黒の「十六歳」の物語。
著／朝霧《あさぎり》カフカ
イラスト／春河《はるかわ》35
文豪ストレイドッグス
Bungo Stray Dogs
STORM BRINGER
『荒覇吐《アラハバキ》事件』から一年、ポートマフィアに加入した中原中也の前に現れたのは暗殺王ポール・ヴェルレエヌ。
「一緒に来い、中也」中也を弟と呼び、その出生の秘密を知る男によって、横浜に再び嵐が巻き起こる——！

●角川ビーンズ文庫●

皆の命が燃えてる——。
文豪ストレイドッグス
[デッドアップル]
DEAD APPLE
劇場版
コミカライズ、
堂々完結!
漫画=銃爺
原作=文豪ストレイドッグスDA製作委員会
コミックス全④巻 絶賛発売中!
©2018 朝霧カフカ・春河35/KADOKAWA/文豪ストレイドッグスDA製作委員会
KADOKAWA
Kadokawa Comics A
B6判 ※KADOKAWAオフィシャルサイトでもご購入いただけます→https://www.kadokawa.co.jp/
※2023年12月現在の情報です。

《荒覇吐》の謎、蘇った死者
複雑怪奇な事件の真相は、
果たして——。
第②巻 絶賛発売中！
文豪ストレイドッグス
太宰、中也、十五歳
2
原作＝朝霧カフカ　漫画＝星河シワス
キャラクター原案＝春河35
ポートマフィア首領・森の命令により、二人で先代首領が復活したという噂と、それに関係する《荒覇吐》について調べることになった太宰と中也。早速《荒覇吐》の情報を持つという蘭堂のもとへ向かうが……？　太宰と中也、二人の出会いの物語を完全コミカライズ！ 大人気『文スト』スピンオフ！
月刊少年エースA
B6判　2023年12月現在の情報です。
※KADOKAWAオフィシャルサイトでもご購入いただけます。https://www.kadokawa.co.jp/
Kadokawa Comics A
KADOKAWA

「バディやチームがいなければ、彼らの物語はもっと乾燥した、
味のない、痩せた腕のようなものになっていたことでしょう」

最高に推せる！
男子バディ&チーム作品

朝霧カフカ先生も応援！

角川ビーンズ文庫が激推しする
男子主人公作品、好評発売中！

2024年3月刊

『葬送師と貴族探偵　死者は秘密を知っている』
水無月せん　イラスト／双葉はづき

他にも魅力的な男子バディ＆チームの作品がたくさん！…

2024年2月刊

『富嶽百景グラフィアトル』
瀬戸みねこ　イラスト／村カルキ

『ルール・ブルー　異形の祓い屋と魔を喰う殺し屋』
根占桐守　イラスト／秋月壱葉

第23回
角川ビーンズ小説大賞
原稿募集中!
君の"物語"がここから始まる!
https://beans.kadokawa.co.jp
詳細は公式サイトでチェック!!!
【一般部門】&【テーマ部門】
賞金 大賞100万円
優秀賞30万円
他副賞
締切 3月31日
発表 9月発表(予定)
イラスト/紫 真依